Gustav Sack

Ein Namenloser

Roman

Gustav Sack: Ein Namenloser. Roman

Erstdruck: Berlin (Fischer) 1919. Der Roman entstand in nur zwei Monaten: Dezember 1912 und Januar 1913 und sollte den Titel »Mein Sommer 1912« tragen.

Neuausgabe mit einer Biographie des Autors
Herausgegeben von Karl-Maria Guth
Berlin 2017

Der Text dieser Ausgabe folgt:
Gustav Sack: Ein Namenloser, 1. Bis 5. Aufl., Berlin: Fischer: 1919.

Die Paginierung obiger Ausgabe wird hier als Marginalie zeilengenau mitgeführt.

Umschlaggestaltung von Thomas Schultz-Overhage unter Verwendung des Bildes: Vincent van Gogh, Fischer am Strand, 1882

Gesetzt aus der Minion Pro, 11 pt

Verlag: Henricus - Edition Deutsche Klassik GmbH
Mörchinger Str. 33, 14169 Berlin, info@henricus-verlag.de
Druck: Libri Plureos GmbH, Friedensallee 273, 22763 Hamburg

Die Ausgaben der Sammlung Hofenberg basieren auf zuverlässigen Textgrundlagen. Die Seitenkonkordanz zu anerkannten Studienausgaben machen Hofenbergtexte auch in wissenschaftlichem Zusammenhang zitierfähig.

ISBN 978-3-7437-0494-7

Bibliografische Information der Deutschen Nationalbibliothek

Die Deutsche Nationalbibliothek verzeichnet diese Publikation in der Deutschen Nationalbibliografie; detaillierte bibliografische Daten sind im Internet über www.dnb.de abrufbar.

Der Namenlose

Tote sind es, deren Gestalten diese Blätter heraufbeschwören, denn auch die blonde Claire ist seit mehreren Jahren tot ...

Dem »verbummelten Studenten«, der den Namen meines Mannes bekannt gemacht hat, folgt heute der »Namenlose«. Es ist der zweite und letzte abgeschlossene Roman, den er uns hinterlassen hat, denn der dritte, »Paralyse«, ist Bruchstück geblieben.

Der »Namenlose« steht erkenntnistheoretisch zwischen dem in der Philosophie scheiternden »Studenten« und dem »freien Menschen« der »Paralyse«. Von ihm sagt Sack selbst, als er gelegentlich die Entwicklungslinie seiner großen Arbeiten skizziert:

> Der Namenlose. – Der Götterglaube ist völlig überwunden; um aber im Relativismus und Positivismus bestehen zu können, Stütze und Verbindung mit dem Innersten der Natur durch geschlechtliche Liebe.

Dieser schonungslos ehrliche Bericht einer sinnlichen Leidenschaft wäre, viel eher noch als Loos und Erichs Verbindung im »Studenten«, eine »dumme Liebesgeschichte«, die allenfalls durch einen krankhaften Paroxismus der erotischen Gefühle sich auszeichnete, wenn nicht das Denken die an sich kleinen Begebenheiten mit unerbittlicher Schärfe durchsetzte und zersetzte. Es sind, wie immer bei Sack, die Ereignisse im Gehirn, die den eigentlichen Gang der Handlung bilden, aus dem an sich leicht trivialen Stoff tragische Kraftvergeudung und Untergang gestaltend.

Sack schrieb den »Namenlosen« in Schermbeck, seinem Heimatort. Unmittelbar nach Beendigung des Dienstjahrs in Rostock, dessen photographisch getreue Wiedergabe der Roman ist, wurde mit den Vorarbeiten begonnen. Von diesen abgesehen, erfolgte die erste gültige Kladdeniederschrift in dem erstaunlich kurzen Zeitraum vom 5. Dezember 1912 bis zum 17. Januar 1913. Sacks damalige ungeheure innere und äußere Verlassenheit zeigt die Bemerkung, mit der er mir dann das Manuskript, das zunächst den Titel »Mein Sommer 1912« getragen hatte, übersandte: daß er auf der Welt niemanden wisse, dem er es lieber schicke als mir. Wir hatten zu jener Zeit erst wenige Briefe gewechselt und uns noch nicht gesehen.

Nach der Rücksendung erfolgte sofort die letzte Überarbeitung und Reinschrift, die durchwegs formale Änderungen brachte. Bedeutungsvoll war die Einschaltung der umfangreichen Diskussion der Kameraden auf dem Schießplatz. Sie ist eine temperamentvolle Auseinandersetzung mit den in Hans W. Fischers »Dreißigjährigem« aufgestellten Theorien. Das Buch war ihm inzwischen durch mich geschickt worden.

Im Frühjahr 1913 war der »Namenlose« druckfertig, in der heute vorliegenden Fassung. Niemand wollte ihn drucken. Es mußte 1919 werden, ohne Sack, bis er den Weg in die Öffentlichkeit fand. Nun stellt er sich neben seinen älteren Bruder, den vielgenannten verbummelten Studenten, um mit ihm für den großen Toten zu zeugen, bis auch die übrigen Werke erscheinen und das ernste Bild vollenden werden.

München, 8. Februar 1919.

Paula Sack.

Ein Namenloser

Etwas Grauenhaftes ist ausgebreitet, klanglos lichtlos – eine finstere Häufung erboster Atome. Hier zu kompakten, ruhlos in sich rasenden Klumpen verfilzt, dort von einander sich reißend, flüchtig, eins des anderen Feind. Wahllos stößt und bebt und kreist und zittert und wirbelt das Durcheins in schauriger Sinnlosigkeit. Wohl schlagen die von einander sich reißenden, flüchtigen, die eins des anderen Feind sind, zuweilen in fieberndem Rhythmus hin und wider und als rasende Welle pflanzt sich ihr zitterndes Fieber fort und bringt die kompakteren ruhlos in sich rasenden zu größerem Rasen. Wohl flüchten rollende Punkte, die jene anderen rastlos umkreisen, wie eine gehetzte Schar von hier nach dort, von dort nach hier und bringen den Tanz des Chaos zu größerem Chaos. Wohl stößt und prallt und kreist und rollt und zittert und strömt das in sich unentwirrbar schier, jedes der Kreisenden, der Gehetzten, der Wirbelnden, der Gestoßenen und Stoßenden nach seinem Gesetz und seiner Art. Wohl weiß ich die Formel dafür, wohl kenne ich ihre Geschwindigkeit, ihren Weg und ihr Gewicht und weiß, wie ihr Wirbel und Zusammenhang war und sein wird – aber es ist Finsternis und Schweigen, finsterster, schweigendster Wahnsinn. Und einst nimmt auch dieses, die Mannigfaltigkeit der Schwingungsgeschwindigkeit der einzelnen, ein Ende und es ist nichts denn ein rätselhaft grauenhafter Klumpen voll Gleichartigkeit, von ruhlos gleichartig zitternder Globen, klanglos, lichtlos, zeitlos, der lebende Tod. Denn die Formel weist $t = $ unendlich und die Intensitätsunterschiede sind hin. Die Entropie hat ihr Maximum, zu dem sie strebte, erreicht.

Das ist deine Welt. –

Aber sie genügt mir nicht; denn, abgesehen von der Unbegreifbarkeit der Atome und der Entstehung des Bewußtseins aus der Bewegung dieser Atome, stellt die Mechanik und Atomistik, mittels derer ihr eure Welt eindeutig beschreibt, nur eine Seite des Unergründlichen dar. Ihr benutzt formaloptische und Tastempfindungen – haben die ein Vorrecht vor den Empfindungen des Gehörs, des Geruchs und des materialoptischen Sehens? Sie sind ebenso berechtigt, die Grundlage eines Weltbildes abzugeben. Ihr redet vom topochemischen Sinn: wieviel mehrere solcher Sinne mag es geben und damit wieviel mehrere

Seiten der Welt? – Und sollte ich alle, sollte ich ihre Unzahl kennen, so bliebe damit meine Welt immer nur eine Sinnenwelt, eine Vorstellung und ein Bild, ein Bild, das meine abstrahierenden und ordnenden – an und für sich aus bestimmten Verhältnissen heraus gewordenen – Denkformen aus dem Material der Sinnesempfindungen geschaffen haben. Und über dieses Bild, über dieses Produkt meiner Organisation und des ebenso unergründlichen Außer-Mir, komme ich nicht hinaus. Und wer überhaupt berechtigt mich, kausale Beziehungen zwischen diesem Bild und meinen Sinnen und jener Außenwelt aufzustellen, wer beweist mir die Gültigkeit einer transzendenten Kausalität?

Aber ich bleibe bei meinem Phänomenalismus stehen, trotzdem ich weiß, daß er als korrelativen Begriff den der Substanz fordert, des Dinges an sich. Aber dieses Ding an sich ist ein logisches Unding: wenn Alles im letzten Grunde x ist, so kann dieses x nur bestehen durch seinen Gegensatz zu einem y – aber dieses y soll wieder gleich x sein. Und versteige ich mich zu jenem extrem Idealismus und nenne das Allem Zugrundeliegende Geist, Wille oder umfassendes Bewußtsein, so begehe ich den gleichen logischen Fehler. Wie komme ich da heraus? –

Aber auch lachend und brausend wälzt sich die Welle mit grünlichem Gischt zu mir, als schimmernder Kegel schleudert sich der Sonne Licht strahlend vom spiegelnden Meer in den Raum zurück, und Klänge, wiegende Klänge, zuckt nicht und tanzt nicht mein Fuß? umfluten umflattern mich, ein Duft überfällt mich, ein betörender betäubender, es knirscht der Sand und ein Leib preßt sich an mich, zwei harte Brüste und ein blondes Gelock, da wende ich mich – – –

Blitzte das? Brennt die Welt?

Ich will von meiner Liebe schreiben, von meinem Sommer neunzehnhundertundzwölf.

Aber sei stark mein Herz und bleibe kühl mein Kopf, dann taucht sie zu sichtbar wieder auf vor euch mit ihrem Haargezottel von Gold und ihren Augen von Amethyst, dann flutet mein Blut, dann breiten sich meine Arme und meine Augen brennen und bitten – –

Claire hieß sie, war zwanzig Jahr, blauäugig und blond und ihr Gesichtchen geschnitten zart wie das einer Gemme; ich aber trug damals den Rock der Füsiliere. Und der und mein braunes Gesicht hatte es ihr angetan und meine Keckheit, mit der ich sie am ersten Abend dem Anderen nahm. Aber weswegen flackerte ihr Auge auf und brannte sogleich in meinem fest, so fest, daß mein bleicherer Freund mich bat: Sieh sie doch nicht ewig an, du hast doch die andere!

Die andere war ihre Schwester, die eine Freundin für diesen Abend hatte mitbringen müssen.

In der Nacht, die diesem in roter Trunkenheit endenden Abend folgte, stahl sie sich den ersten Kuß. Einige Tage später, es war um Ostern, fuhr ich in die Heimat.

Hier verdrängten meine Brüche und Heiden ihr Bild. Nur, daß ich meinen Bäumen, meinen mürrischen Wacholdern und vergrämten Moorbirken fremder in die Augen sah. War es so, weil ihr mächtiger Bruder, das Meer, mich wieder angesprochen und angebraust hatte, oder zürnten sie mir, weil ich wieder im Begriff stand, mit meiner Liebe zu den Menschen zu gehen? Ich trug so oft mein nacktes Herz ratlos zwischen beiden hin und her und es war viel Zürnens, viel zärtlicher Eifersucht und viel Versöhnens zwischen uns.

Als ich zurückgekehrt war und zu unserem ersten Stelldichein ging, hatte ich das Gefühl, als schöbe hinter mir eine Riesenfaust. Nicht wie nachher, wo ein Seil zwischen uns gespannt schien, an dem wir uns näher, immer näher zu einander zogen, nein zwei Fäuste wie Felsen stießen uns auf einander zu und aus den niedrigen Abendwolken lugte das Gesicht des Riesen. Doch als ich sie kommen sah mit ihrem wiegenden, losen und schlenkernden Gang – siehe! da zitterte schon das Seil und beflügelten Schrittes, liefen wir nicht? eilten wir an ihm auf einander zu. Bis ich, ich nehme gerade die grüßende Hand von der Mütze und strecke sie ihr entgegen, zurück geschlagen werde. Wie eine feuchtwarme Luft prallt etwas gegen mich und preßt die Lunge – aber sie sieht mich fragend an, da reiche ich ihr die Hand:

Wie schön, daß du kommst. Wie gut von dir.

Stieß mich ihr fahl vom Lampenlicht beleuchtetes Gesicht zurück? Oder war es ihre unfreie Art der Begrüßung? Denn Claire kommt in einem kleinen Winkel auf einen zu und schlenkert mit den Armen und bewegt merkwürdig den hübschen Kopf und sieht, wenn sie die Hand reicht, an einem vorbei. Aber ich will ironisch sein und von meinem warnenden Guten Geist reden – ist doch die ganze Wissenschaft Ironie! Der Gute warnende Geist ist ebenso Forderung und Schöpfung des Gefühls als es Moleküle und Dynamiden sind. Was reden wir von ihnen, als ob wir an sie glaubten, und glauben doch nicht an sie?

Wir sagten ein paar dumme Worte; jedes erste Wort bei der Begrüßung ist dumm: wir wollen Zeit haben, uns in uns zu verkriechen und den Mitmenschen hervorzukehren. Dann nahm ich ihren Arm und ging mit ihr in ein Café. Hier setzten wir uns in eine verschwiegene Ecke, und Claire erzählte. Und erzählte mir, daß ich der zwölfte oder dreizehnte ihrer Liebhaber sei. Und nach diesem Geständnis legte, sie ihre Hand auf mein Knie und lehnte den Kopf an meine Schulter und schmeichelte:

Weswegen soll ich dir nicht die Wahrheit sagen?

Hielt sie mich für unerfahren und war schon so klug, um zu wissen, daß Mädchen solcher Art auf Neulinge den berückendsten Eindruck machen? Oder kokettierte sie mit der frivolen Weise, mit der sie ihre »Verdorbenheit« eingestand? Oder hatte sie mich lieb und wollte gleich am Anfang reine Bahn zwischen uns schaffen? War es ein Gemisch von diesen Drein?

Aber sie bezauberte mich und sah, wie sie mich bezauberte, und schnitt nun auf und ich ließ es an ähnlichen Beichten und Märchen nicht fehlen und hatte noch größeren Erfolg, denn ich erzählte raffinierter. So zeigten wir uns unsere schlechtesten Seiten, gaben uns interessanter als wir waren und verliebten uns immer mehr dabei.

Es war früh und noch nicht Mitternacht, als ich die entscheidende Frage tat; und mich gleich über meine Plumpheit ärgerte. Es klang so roh in unsere Verliebtheit hinein und sie antwortete nicht darauf, sie ging ja von selber mit.

Ich liebe diese schweigsamen Heimwege mit ihrem kleinen Bangen und zagenden Erwarten. Es liegt ein so prickelndes Gefühl von etwas Verbotenem, von Sünde darin – und wen von uns reizt, isoliert und erhebt nicht das bloße Wort Sünde schon? Hätten wir mehrere solcher angenehmen Atavismen!

Aber als ich frühmorgens, da die Sonne noch schlief, zur Kaserne ging, war mir die kleine Blondine gerade nicht zuwider, ich wußte schon, daß ich nicht so leicht von ihr lassen konnte, aber es war mir, als sei ich etwas enttäuscht. Hatte ich sie noch interessanter erwartet? Doch nach den ersten Turn- und Exerzierstunden sah ich das Ereignis mit anderen Augen an; mein Körper war froh und leicht, ich war ihr dankbar und dachte mit verliebtem Lächeln an sie. Und dieses verliebte Lächeln sah man in der Folgezeit öfter um meine Lippen. –

»Eßt, trinkt und liebt, denn alles andere
ist keinen Stüber wert«,

sagt Sardanapal und der Übersetzer schreibt: Tut, was euer Magen euch befiehlt – ihr könnt nicht anders; folgt dem, zu dem die Gattung euch treibt – ihr könnt nicht anders; und dann trinkt, auf daß ihr beides vergeßt. Und alles andere, was keinen Stüber wert ist, das ist auch nur ein vergeistigter Betäubungstrank. Eßt, liebt und trinkt! Das ist eine Welt!

Doch sollte man sie zuweilen nicht fast lieben gerade wegen dieses Betäubungstrankes?

Der Frühling kam und nach beendetem Dienst wandelte ich mit ihr in sein Kommen hinaus. Unter verliebtem Geplauder und verliebteren Dummheiten nahmen wir das Knospen und Drängen, das ahnungsvolle Klopfen und süße Pulsieren des ungeborenen Sommers in uns auf. Je blauer der Himmel und je duftiger der Hauch einer erwachenden Birke, um so verliebter sahen wir uns in die Augen, und je verliebter wir uns in die Augen sahen, um so blauer war der Himmel und um so duftiger der Hauch jener Birke. Wir waren der verkörperte Lenz, wir dachten der Nacht, die vergangen, und sehnten uns nach der kommenden, aber unser Geplauder blieb harmlos wie das zweier verliebter Bachstelzen.

Aber sobald die Lampen brannten und wir unter Menschen waren, war es aus mit unserem Bachstelzenidyll. Dann war sie das kleine Dirnchen, frivol und pervers, und hinter ihren lüsternen Augen saß der – Haß. Das war wie eine schwüle Gewitterluft, wir hatten uns maßlos gern und wußten uns durch Gleichgültigkeit und Eifersucht nicht genug zu quälen; das war ein wollüstiges Schweben zwischen Bissen und Tränen. Wir jammerten über das Leid, das wir uns antaten, aber dieses Leid tat uns so wohl. Und unsere Nächte wurden wild. Da verschwand das verliebte Lächeln, das man in den ersten Dienststunden auf meinen Lippen zu sehen gewohnt war, meine Augen glühten müde und ich dachte den ganzen Tag mit unruhiger Sehnsucht an sie. –

An einem Abend aber, da draußen ein warmer Regen fiel und der Wind von Süden kam, lag sie müde und gebrochen in ihrem Stuhl, ihre Stimme war weich und tief und es dünkte mir, als leuchte auch ihr Haar weniger keck. Sie sah mich mit ihren blauesten Augen an, stützte langsam den Kopf in die Hand und fragte mich:

Sage, Liebling, was hast du eigentlich an mir? Weswegen hast du mich so lieb?

Ich habe dich nicht lieb.

Nein, laß das heute. Weswegen hast du mich so lieb?

Nun, ich habe dich eben lieb.

Weswegen?

Weswegen hat man wohl ein Mädchen lieb?

Du hast doch schon mehrere lieb gehabt. Weswegen gerade mich so sehr?

Ich habe dich nicht lieber als andere.

Doch! Doch! Du hast mich über alles in der Welt lieb.

Ich habe dich lieb, weil du unglücklich bist,

Liebling!

weil du, versteh mich recht, gerade nicht unglücklich, aber doch anders als die anderen Mädchen bist. Ich denke dann, wenn wir uns länger kennen, kann ich dir sagen, was mich quält, und es tut wohl, einem sein Herz ausschütten zu dürfen, von dem man weiß, daß er auch nicht immer auf Rosen lag. Vielleicht ist es das, vielleicht auch nicht. Das weiß man ja nie genau.

Doch, das weiß man.

Das weiß man nicht. Wenn ich dich nun lieb habe, weil du oft so widerspenstig bist und dann wieder alles tust, was ich will? Aber vielleicht liebe ich dich nur, weil ich dich einem Anderen weggenommen habe.

Aber sie schüttelte den Kopf und lächelte in sich hinein. –

Wir wollen nun gehen. Und nimm es mir nicht übel, wenn ich dich nicht ganz heim begleite. Ich muß morgen früh zum Dienst.

Du! Ich geh mit dir!

Da lachte ich und küßte sie und wir – stolperten heim. – –

Es dämmert und die Kompagnie steht auf dem Kasernenhof und der Feldwebel vor ihr und flucht mit meinem Korporal; ich aber bin auf der vierten Korporalschaftsstube, bleich und mit einem verliebten Lächeln um den Mund, noch umhüllt von dem Duft ihres Körpers und versunken in die Liebkosungen der Nacht. Mein Putzer schnallt und gürtet an mir, wir gehen hinunter und die Kompagnie rückt ab.

Wo magst du sein? Schläfst du noch? Nachmittags soll ich dich beim Rückmarsch sehen – wo denn noch?

Aber die Gedanken verwirren sich, werden wirr, verfliegen und Bilder beginnen zu gaukeln. Zerwühlte Kissen und weiße Hüften –. Doch auch die Bilder verwirren sich, werden wirr, verfliegen. Aus den flüchtenden klingt ein Schrei so hell, er echot, hallt matt und matter, schwillt leise aus ferner ferner Ferne an und klingt und stirbt. Und jetzt umflutet ihn das Gefühl, bildlos wortlos – o du süße tief gesättigte Ruh! Ein Duft umflattert ihn noch, ein nicht bestimmbarer, süßer, zuwidrer –. Die langen Reihen der Helmspitzen pendeln taktmäßig hin und her, auf und nieder wogen die Tornister und gelbbraunen Zelte – Helmspitzen, Zelte – o du goldbraune purpurne Nacht!

Da hält die Kompagnie, er prallt auf den Tornister seines Vordermannes, sein Helm kollert zur Erde und er erwacht.

Die Marschpause ist hin, der Marsch geht fort – ja wo geht er denn hin? Wie ein blauschwarzes seidenes Riesentuch liegt zu meiner Rechten die See und trägt braune und silberne Segel, und die Möwenschwärme sind wie weiße auf und nieder tanzende Staubpunkte auf ihm.

Da liegst du unsterblich und selbstgewiß in dir wie ein Gott und bist doch wie ein ruhloses Raubtier über die Erde gebraust. Kein Ort, und wäre es der Mount Everest selbst, auf dessen Schnee die Ewigkeit zu wohnen scheint, wo du nicht einmal in deiner blauen Herrlichkeit träumtest und glaubtest zur Ruhe gekommen zu sein. Aber eine Stunde einer größeren Weltenuhr schlug und wie ein nicht zu sättigender Feind rolltest du fort und warfst dich gierig über ein anderes Land. Wie nah fühl ich mich dir! Ich wanderte und wanderte und ruhte hier und dort und träumte für Sekunden einen blauen Ewigkeitstraum, dann riß es mich weiter ruhelos wie der Hunger das Tier. Aber das waren klingende berauschende Worte, in denen ich meine kurze Rast und Ruhe fand, das waren stolze und in die Ewigkeit langende Formeln – und nun vergaß ich mich und in einem Dirnchen verlor ich mich. Ein offener Busen und ein lüsternes Lächeln, das ist nun für mich die Rast und das seidenweiche Faulbett, auf dem ich die Welt vergesse. Ich weiß und lernte es immer gewisser mit der Zeit, daß kein dauernder Rastort für mich gebaut ist, aber ich will mich nicht schlafen legen in einem Proletariertrieb, in einer Herdenlust – ich trenne mich von ihr! –

In Schützenlinien lagen wir und beschossen Kopfscheiben, die sich undeutlich vom Boden abhoben, hinter ihnen gleißte weißer Dünensand und wogte das Meer. Tief sog ich die salzige Meeresluft ein und schoß niemals so gut wie damals in Elsenhorst.

Sandwolken und Spritzer fuhren zwischen den Zielen auf, die Luft ward zerschlagen von dem harten peitschenartigen Geknatter, durch das singend die Geschosse schwirrten, in den Pausen aber wogte und brauste die See. Und Claires Bild sank und sank, ich dachte nicht mehr an Trennung, ich war schon meilenweit von ihr fern.

Eine Barke tauchte am Horizont auf, über die Dünen hinweg hielt ich auf sie hin. Der Knall verschwand zwischen den übrigen, aber hoch über die anderen erhob sich das Geschoß – wo flog es hin?

Wie die Barke an ihrer Stelle stehen blieb still wie ein fernes Gespenst und ich nicht weiß, ob meine Kugel sie erreicht oder wohin sie sich verirrt hat, so steht auch fern wie ein Gespenst das Ziel, auf das mein Sehnen fliegt: sei frei!

Ob mein Pfeil es erreicht, oder vorbei ins Leere schwirrt und kraftlos in die Wasser fällt, – was geht's mich an! Die Richtung war da und meine Sehnsucht flog. –

»Morgen marschieren wir
zu dem Bauer in das Nachtquartier.
Wenn ich werde scheiden,
muß mein Mädel weinen
und wird traurig sein.«

Laut und metallisch klingt es und taktmäßig hallen die Schritte. Die Spaten und Seitengewehre klappen, in den Feldflaschen gluckst es ab und zu, taktmäßig ab und zu und die Helmspitzen schwanken nach links, nach rechts, die Tornister wogen auf, wogen ab –

wenn ich werde scheiden,
muß mein Mädel weinen
und wird traurig sein.

Das ist das Schöne auf diesen Märschen, daß man keinen Gedanken halten kann. Immer wieder muß man ihn einfangen, immer wieder entschlüpft er und schließlich ist er fort. Der Tornister zieht und zerrt, der Schweiß tropft, in gleichmäßigen Abständen Tropfen um Tropfen von der Stirne über den Nasenrücken herab. Dort hängt er und schaukelt und gleißt bald wie ein wasserheller Hyalith, bald wie ein gelblicher Karneol. Dann schiebt sich die Unterlippe vor, die Brauen ziehen sich zusammen, die Stirne kraust sich, ein energischer Hauch und er zerstiebt und zersprüht. Und das wiederholt sich fort und fort, die Füße brennen und die Zunge klebt – aber der Gedanke ist fort.

– wenn ich werde scheiden,
muß mein Mädel weinen
und wird traurig sein.

Das geht immer fort, das klingt mir nicht nur im Ohr, das senkt sich durch alle Poren ins Fleisch und durchdringt rhythmisch den ganzen Leib. Und wenn brütende Stille über den schwankenden Helmen und arbeitenden Lungen liegt, nur der schlurfende hallende Schritt, das Knarren und Klappen der Montur uns stumpf begleitet, wenn erst zaghaft einer, dann einfallend laut und metallisch der ganze müde Trupp ein anderes Lied anstimmt, mich durchdringt und durchpulst nur:

– wenn ich werde scheiden,
muß mein Mädel weinen
und wird traurig sein.

Das zaubert in mir zusammen mit Durst und Müdigkeit, dem vorwärts drängenden Gefühl, in das jeder Entschluß körperlich ausklingt, und den Nachwehen der Nacht eine schwermütig-sehnsüchtige, mich mit ihrer Schwermut und Sehnsucht süß berauschende Stimmung hervor.

Vor uns an einer Wegebiegung blinkt es in der Sonne, stechend prallen ihre Strahlen von den gelb geputzten Hörnern – ein kurzes Halten und ein kurzes Verschnaufen, und weiter geht es, die Musik spielt und die Beine fliegen.

Da steht sie mitten auf dem Weg und weit vor der Stadt; die Zeit wurde ihrem unruhigen Herzchen lang, da kam sie uns entgegen – nun winkt sie und lacht und glüht mich an! Da ist alles verflogen, zerstoben und das Ziel in alle Winde zersprüht. – –

»Ich weiß nicht, was ich könnte sein, doch fühl ich, ich bin nicht, was ich sollte sein.«

Dieses Wort, auch von Sardanapal, hing mir, als ich nach dem Bade mich mit der Wollust der großen Müdigkeit in meinen Kissen streckte, an und ließ den Schlaf nicht zu mir kommen. Da nahm ich ein Buch, für das gerade in diesen Tagen die Zeitungen das große Tamtam schlugen, und versuchte zu lesen. Und während ich die Buchstaben mechanisch zu Wörtern und Sätzen zusammenstellte und diese sinnlos und fremd in die Unendlichkeit an mir vorüber trotten ließ, ward ich mir in tiefster Seelenruhe bewußt, daß mein Entschluß von Elsenhorst zusammengestürzt und der Pfeil meiner Sehnsucht wieder in den Wassern versunken war. Würde ich ihn noch einmal aufnehmen und ins Blaue senden? Aber mich bekümmerte das wenig, ich ließ es geschehen sein und war durchdrungen von der Unschuld des Fatums.

Auf der läuferbelegten Treppe glaube ich Schritte zu hören, leise, Diebsschritte, auf Spitzzehn – und ich wundere mich gerade über mich, daß ich ihr Kommen so wenig verwunderlich finde, da klinkt sie rasch die Türe meines Wohnzimmers auf, stutzt und sieht sich in dem leeren Zimmer um und wirft sich dann lachend über mich.

Aber Claire!
Du, ich konnte doch nicht anders! Und du am hellen Tag im Bett? Als ob du das nicht gewußt hättest.

Sie sieht mich mit einem bösen Blick an, dann streift sie mein Nachthemd zurück und betrachtet ernsthaft die rosafarbenen Ellipsen, die ihre Zähnchen in meine linke Schulter gebissen haben. Und diese, meine Augen und meinen Mund bedeckt sie mit stürmischen Küssen und ich kann es nicht hindern, daß sie sich entkleidet und zu mir schlüpft. Ich will noch schelten und zürnen, aber sie preßt ihren warmen Körper in meine Arme und erstickt mein Zürnen und Schelten in ihrem roten Blut. Die Sonne sah weg und ging hinter die nächsten Dächer, und als sie mit ihren gelben und meergrünen Pinselstrichen über den Himmel fuhr und braune und goldrote Kleckse auf ihn warf, verließ mich Claire. Ich aber kam mir in dem Augenblick armseliger vor als der Straßenpflasterer da unten, über dessen ruhlos ödes Geklinke wir uns eben noch geärgert hatten.

Dann kleidete ich mich in mein bestes Extrazeug und verließ, eine Zigarette zwischen den Lippen und ein sorgloses Lächeln um den

Mund, meine Wohnung. Ich hatte beschlossen, mich am Abend in Likören zu betrinken; die geben den schwersten Rausch und schlagen einen wie mit weichen Beilen zu Boden.

Ich bin so oft berauscht gewesen, wie der Schaum am Champagnerkelch war ich trunken; und war nüchtern wie der Fisch im kältesten Bergbach; ich habe gehaßt mit der Ausschließlichkeit und Wucht des sinnlosen Triebes und habe in wissenden Stunden diesen Haß glühend genossen; ich habe geliebt mit der brutalsten Gier und ein anderes Mal mit dem delikatesten Bewußtsein und Selbstgenuß; ich bin großmütig gewesen wie ein Tor und neidisch wie ein hungriger Hund, ich habe in einigen kurzen Minuten rauschlos in einem purpurnen Strudel des Glücks geschwommen und habe, öfter als ich es wissen mag, in wortloser Verzweiflung vor den Toren des Todes gestanden, und habe mich dann aus all dem Fremden, das mich zerdrücken und zerquetschen wollte, emporgerissen, wie von den braunen Riesenschwingen eines Adlerpaares getragen in einen Himmel der blauesten Poesie, in ein Elysium der süßesten Narkotika; ich habe in allem Wissen umhergetastet und bin an manchen Stellen bis auf den Grund getaucht – ach! die Meere waren seicht – und was ich aus alledem mitgebracht habe, ist das, daß ich gelernt habe, daß wir in einem Meer von ewigen Rätseln und Unergründlichkeiten schwimmen. Wir sind nichts denn ein Blitz in der Nacht, der einen kleinen Umkreis in ein fahles trügerisches Licht taucht. Was er da fahl und verschwommen und übergrell mit seinem Lichte beleuchtet, mit seinem Lichte schafft, das ist unsere Welt. Wir haben nichts, wir sind nichts als diese blitzartig auftauchenden Bilder. Und in ihnen ist keine Schuld und keine Güte, kein Schön und Häßlich, sie kamen so wie sie kommen mußten. Und daß wir die Fähigkeit haben, wir Schaum vom Schaume der Wellen, diese Bilder in der Erinnerung wieder zu schaffen und an ihnen weiter zu leiden, daß wir nicht vergessen können und dabei von einem wilden Hunger nach dem Wissen eines zureichenden Grundes für alles dieses gepeitscht werden, das ist unser Privileg und grundlosestes Leid.

Es ist einsam um mich und ich muß weiter von meiner Liebe erzählen, Bilder an Bilder reihen – mögen die Menschen sie nennen, wie es ihnen beliebt, sie sehen sie durch ihre Brille und lügen ihre eigene Schönheit oder ihren eigenen Schmutz hinzu – o meine Bilder! ihr seid jedes für euch eine Welt, ihr taucht auf wie ein Blitz und leuchtet eine Sekunde lang, um dann wieder in die Nacht zurückzusinken, aus der ihr gekommen seid und wiederkehren werdet. –

Während ich mich nun von weichen Rauschbeilen tiefer und tiefer ins Bodenlose hämmern ließ, ging Claire mit ihrer Freundin in ein Tanzlokal; dort fragte man sie, wo ich wäre.

Der ist wie alle, der gebraucht dich nur zu seinem Vergnügen. Seinem Herzen bist du nichts; bilde dir nur nichts ein.

Da starrte sie die Fragerin mit großen Augen an und ging fort, bleich wie der Kalk an der Wand.

Diese kleine Geschichte erzählte mir am nächsten Morgen, an einem Sonntag, einer meiner Kameraden, mit denen zusammen ich auf die Ausgabe der Parole wartete. Da stürmte ich fort und ließ Parole Parole sein, denn Dinge, die mir ans Herz gehen, muß ich mit mir zwischen Bäumen und Wolken abmachen.

In noch jungen Jahren wurde sie von ihrer neidischen Schwester verführt und skrupellos wurde dann die Frucht, die sich so leicht hatte pflücken lassen, fortgeworfen. Aber da sie arm war und keine tröstenden Phrasen und Gefühlchen gelernt hatte, tröstete sie sich weiter durch den Genuß. Und daß sie, als sie vorsichtiger wurde und ein »festes Verhältnis« begann, dem typischen Lumpen in die Hände fiel, ist auch die Regel. Und daß jener, als sie Mutter werden sollte, zu seinen Geschlechtsgenossen ging und sie bat, für ihn den gewissen Meineid zu leisten – wer von uns täte es nicht?

Dann trat sie in unsere Gemeinschaft zurück und ging nicht den Weg, den an ihrer Stelle Tausende gehen, sondern schlug sich durch, und hatte nichts als Elend und Arbeit und ihre Rachbegier und ihren Haß. Und fiel sie endlich doch wieder, weil ihr Blut sie trieb und der Hunger, wenigstens für Stunden dieses Elend zu vergessen, so möchte ich sie eine Heilige gegen die nennen, die durch richtig spekulierende Romane oder einen neugierigen Kitzel aus Langerweile dazu getrieben werden. Aber der, dem sie sich gab, war ein patent gekleideter Idiot. Sie will mehr, sie sucht es bei dem, bei dem, sie weiß selber nicht recht, was sie sucht. Sie verliert ihre Stellung und schließt die Augen vor sich – Nun erst recht! – und die Straßen und Tanzlokale haben sie wieder. Aber in ihren Augen ist noch ein Suchen, zuweilen glaubt sie es gefunden zu haben, dann flackern sie wohl auf – aber es war wieder nichts. Und das Suchen und der Glanz erlischt und ihre Augen werden hart und starr. So haben wir sie mit dem besten Gewissen und unter den allervergnügtesten Scherzen zu einem seelenlosen Ding gemacht, zu einem Geschlechtstier, dem wir nicht einmal die Fähigkeit seelisch zu leiden zutrauen. Es liegt etwas in diesen aufgerissenen und hoffnungslos ins Leere starrenden Augen, das nicht ganz durch eure mechanisch-physiologische Deutung der fischaugenähnlichen Starrheit des Dirnenblicks erklärt wird.

Leise sang der Wind, der von der See her kam, in den Zweigen über mir und ich wanderte weiter bis ich inmitten dunkler Fichten und breitkroniger Kiefern stand, in deren Nadeln die wehende Frühlingsluft seltsam träumerisch rauschte.

Profanum volgus –! Sie liebt mich, weil ich sie liebe ihrer armen Seele wegen. Täuschst du dich nicht? O du fragwürdiger Seelenschenker! Sie liebt mich, weil sie glaubt, ich liebe sie ihrer armen Seele wegen. O du Gläubige an den Seelenverschenker!

Und ihre Liebe ist Dankbarkeit und die kann sie nicht anders zeigen als durch Lust. Und ihr Leben hat sie mir sogleich enthüllt, deswegen weil sie hellaügig sind und zu oft verbrannt diese an seelischer Unterernährung Leidenden, sie wollen sicher gehen: sieh, so bin ich – willst du mich trotzdem, glaubst du trotzdem an meine Seele?

O du Seelenschenker! Und war ich's nicht, so will ich's werden und mich der Liebe derer freuen, die darnach hungert, daß auch ihrer Seele ihr Recht geschieht.

Die Bäume über mir wurden unruhig und knackten mit den Zweigen und der leise Wind, der nun stärker von der See her kam, schickte mich nach Haus.

Ich aber glaubte, eine Erklärung gefunden zu haben für das Aufflackern ihrer Augen, da sie mich zum ersten Male sah, für die Tränen, die sie über meine Briefe und dummen Verse vergossen hatte, für ihre eigenen Briefe, in denen sie von einem Glück stammelte, das sie durch mich erlangt und doch nie mehr erwartet hätte, und für ihre ewigen nächtlichen Fragen: weswegen habe ich dich nur so lieb? Ich fragte mich, ob sie jetzt diese Frage sich begrifflich beantworten könnte.

Es war inzwischen Mittag geworden und mein Putzer brachte mir die Diensteinteilung für den nächsten Tag und die Mitteilung, daß die Abfahrt nach dem Truppenübungsplatz für den kommenden Mittwoch festgesetzt sei. Wir hatten uns des Abends treffen wollen, aber jetzt schickte ich einen Boten zu ihr und bat sie, sogleich zu kommen.

Dann wartete ich und versenkte mich in mein Seelenschenkertum. Aber liebe ich sie überhaupt? Und wenn – liebe ich sie wie ein Dichter sein Gedicht? ist Mitleid und Liebe synonym für mich? oder ziehen sich unser beider kranke und müde Seelen an? Ich überlegte und fand es nicht. Doch eines von diesen sollte es sein.

Ah! dieser Rausch wird schon enden wie alle endeten. Aber da einer von uns ihn ernst nimmt, wird der Komödie Schluß tragisch sein. Denn Alles, was wir ernst nehmen, endet tragisch. Auch der glücklichste Erfolg ist die Ursache neuer Anstrengungen und neuer Konflikte und damit weniger wert als der abschließende Mißerfolg. Denn nun hetzt er uns von Stufe zu Stufe, von Klippe zu Klippe und wir verlieren darüber das Glück der Ruhe, das Veilchenglück der *anima vegetativa*. Wir sind blind über blumige Wiesen gerannt, sind höher und höher gestiegen und glaubten, in diesem Höhersteigen läge unser Glück, bis rings um uns der Abgrund gähnt: hier ist das Dunkel und Nichts und die Blumen und Wiesen sind weit, o du Narr, *qu'as-tu fait de ta jeunesse?*

Denn die Tragik liegt nicht in der Vernichtung einer wertvollen Kraft durch das Schicksal. Dann wäre die Zertrümmerung der Erde durch einen anderen Stern, da sie doch so viel wertvolle Kraft birgt, tragisch. Tragisch wäre es, wenn ihre Menschheit nach einem jenseits der Erde liegenden blauen Ziel strebte und, wenn sie es erreicht, seine Nichtigkeit und die Unmöglichkeit der Rückkehr einsähe. So war der Weg eines großen Teiles der Menschheit zwei Jahrtausende hindurch nach den Idealen des Christentums tragisch; jetzt haben wir die Katastrophe, jetzt sehen wir die wesenlose Nichtigkeit unserer Ziele und stehen nun da in schauerlicher Ratlosigkeit und können mit allen Mühen und Künsten und Schlichen nicht zurück zu dem festen beglückenden Grund der damals so schmählich verlassenen Erde. – Tragik liegt in der Vergeudung einer wertvollen Kraft.

Krokos und chinesische Primeln blühen unten im Vorgarten, die Schneebeeren und Flieder und greifbar nahe die Ulmen vor meinem Fenster beginnen zu knospen, eine einsame Wolke schwimmt durch den Himmel; sie ist nicht und ist doch, sie fällt und schwindet stetig und hat doch Form und Gestalt. Und ich werfe meine Worte über das Rätseltiefe, Worte, die so schnell verfliegen und doch dauernder sind als das, was sie umhüllen, und doch wieder nichts. Und der Rätsel allergrößtes, der Ort wo sogar die Kausalität einen Sprung zu machen scheint, ist das was sich Liebe nennt – o du Seelenschenker! – und des Lebens Allerschönstes ist der Schlaf.

Von schlaflosen Nächten und Frühlingsluft bin ich müde geworden und das sammetweiche Gefühl, geliebt zu sein, schläfert mich ein.

Eine Spanne Zeitlosigkeit, während der die Welt stille stand und doch nicht stille stand – – da tappen wieder leise leise Schritte auf der läuferbelegten Treppe: meines Putzers dröhnende Kommißstiefel höre ich nie, aber ihre winzigen Lackstiefelchen wecken mich aus dem tiefsten Schlaf. –

Sie öffnet ohne anzuklopfen die Tür, schließt sie bedächtig indem sie mir den Rücken zukehrt, wendet sich müde wieder um und bleibt nun in halb trotziger, halb verlegener Haltung stehen. Ich liege auf dem Sopha und beobachte ihr Gesicht, auf dem sich Scham und Schmerz mit einer kindlichen Hilflosigkeit streiten.

Das ist eine leidige Unart, die ich nicht ablegen mag, denn sie ist aus Entsetzen und prickelnder Lust gewebt, und ich fürchte, dieses ist der einzige gesunde Zug an mir: Es war an einem Augusttage, an dem die Hitze wie ein tückisches weißes Raubtier auf den Straßen lag, als ich am Fenster stand und zusah, wie man aus dem Nachbarhaus eine Leiche trug. Die Mutter, denn die Leiche war die ihres Sohnes, stand am Fenster und sah dem Sarge nach und preßte das Gesicht gegen die Scheiben und verrenkte die Augen, um das letzte Ende des Sarges, der um eine Straßenecke bog, noch zu verfolgen. Ihr Gesicht war vom Weinen, der engen Trauerkleidung und der glühenden Raubtierhitze rot wie eine Tomate, wenn sie anfängt weich zu werden, und ich beobachtete nicht nur, ich studierte, so gespannt als ob das tiefste Mysterium sich vor mir enthüllen sollte, dieses Gesicht, wie sich in diese heiße, blutdurchpulste und aufgedunsene Fleischmasse der herzzerreißende Schmerz eingrub. Als der Sarg verschwunden war, brach sie zusammen und schlug mit der Stirn auf das Fensterbrett. Und ich sehe das Gesicht vor mir, daß ich es noch heute zeichnen könnte, so grub es sich mir ein.

Wir wollen uns trennen; es ist besser. Hier bringe ich deine Briefe und die Bücher, die du mir schenktest. Meine hast du wohl schon zerrissen, aber wenn nicht, dann gib sie mir wieder. Du brauchst dich wenigstens nicht lustig über mich machen!

Nun quellen endlich die Tränen vor und die Bücher, die sie steif in den Händen gehalten hat, purzeln auf die Erde –. Da stehe ich auf und lege den Arm um sie und sehe sie lächelnd an:

Glaubst du wirklich, ich habe dich nicht lieb?

Da nimmt sie meinen Kopf in beide Hände und blickt mich an, dicke Tränen in den Augen; dann legt sie scheu ihre Lippen auf meinen Mund.

Nun Claire, jetzt darfst du drei Tage nicht von mir gehn,

Ich gehe nie von dir.

denn am Mittwoch fahre ich auf drei Wochen zum Lockstedter Lager.

Du kommst ja wieder.

Beim Essen überraschten wir uns, die wir sonst nur von uns und unserer Liebe sprachen, wie wir mit einer gewissen Sachlichkeit über fernliegende Dinge plauderten. Dann nahm ich ihren Arm und wir gingen zum Strand.

Der Himmel ist blau, so blau und heiter, als wäre er frisch für uns gefegt. Und der leise Wind, der von der See her kommt, tut es nur, um unser weißes Segel zu blähen und uns fort zu wiegen ins Blaue, Goldne, in träumende Unendlichkeit. Leise legt sich unser Boot und trägt uns so weich und stet, als wüßte es, wie es um unsere Herzen bestellt ist. Die Wellen kommen heran, blauäugig und sanft, streicheln mit weicher Hand unser Boot, murmeln, glucksen und plaudern etwas – das klingt wie: sie haben sich lieb, sie haben sich lieb – glucksen und lächeln und gehn. Die Möwen, wenn sie in unsere Nähe kommen, vergessen ihr mißtönendes Lachen, die Menschen, wenn sie an uns vorüber fahren, sprechen leiser und sehen uns mit stillen Augen nach, während die fernen Ufer mit braunen Schilfsäumen und grünen Saaten und schwarzblauen Wäldern in gewaltigen Kreisbogen gelassen an uns vorübergleiten; über allem aber hängt der Himmel unergründlich blau und die Ferne glänzt.

Wir sprechen kein Wort, wir sehen uns an und lächeln und können nicht reden. Sie sitzt mir gegenüber und läßt die Wellen durch ihre Hand gleiten; ihr Haupt ist leicht geneigt und sinnend und lächelnd sieht sie den enteilenden nach. Meine Blicke aber haften traurig und fragend auf diesem leichtherzigen Menschen, der – ins Leben gestoßen, er weiß nicht weshalb? wozu? – plötzlich sich bewußt geworden ist, daß er eine Seele besitzt, der allen Schmutz, alle Oberflächlichkeit und alles Elend, womit sie bis heute verdeckt war, vergessen hat und staunt und staunt: ich bin ein Mensch und bin geliebt!

Aber wie lange werde ich deine Seele behalten? Wann ziehst du sie wieder in dich zurück und begräbst sie mit Alltagsschmutz und Leid?

Wird nicht in der Giftluft deiner Freundinnen der Neid an deinem Glück nagen? Denn sie wollen dich wieder zu sich ziehen und wissen dein Glück dir so zu zerfressen und zu zerspötteln, daß du selbst nicht mehr daran glaubst und aus Leid und Scham und Trotz dich lachend wieder fortwirfst. Ich nehm's ihnen nicht übel, deinen Freundinnen, es ist ihr Selbstbehauptungstrieb. Aber wirst du stark genug sein? Ich fürchte, ich fürchte - -

Du siehst mich so traurig an?

Ich dachte an die Zeit, in der du längst wieder einem Anderen gehörst, in der du längst diese Fahrt vergessen hast, wo du dich kaum meines Namens mehr erinnerst.

Sie sieht mich groß an und eine Träne rollt über ihre Wange.

Ich sah dich, wie du ratlos dastandest, irgendwo in der Welt. Die, die nach mir in dein Herz sich stahlen, haben dir lachend den Rücken gekehrt. Nun breitest du in Reue und Sehnsucht die Arme aus - aber ich bin fern, ich bin vielleicht schon lange tot.

O quäl mich nicht so.

Und wenn du nun so einsam dastündest mit deiner Sehnsucht und Reue, würde ich wohl kommen, wenn ich dein Rufen hörte?

Da verwandelt sich blitzschnell ihr Gesicht und sie sieht mich mit unschuldigem Lächeln an:

Du würdest sicher kommen.

Aber wenn ich inzwischen mit anderen Mädchen -?

Das tust du doch nicht,

Wer weiß!

dazu hast du mich viel zu lieb.

Ja und du?

Das ist ganz was anders.

Ich würde wohl nicht kommen.

Aber als sie mich ungläubig lächelnd ansieht, da reiße ich -

Bei Gott! ich komme nicht! -

das Steuer herum, daß das herumschlagende Segel im Winde knattert und sie zu Boden schlägt. -

Dann lächeln wir uns an: wir sahen wohl Gespenster – und fahren weiter in die Sonne hinaus, und weiter gießt der Himmel sein Gold über uns, nur die Wellen glucksen und schlagen schon lauter an unserem Boot und kühner bauscht sich unser Segel: die See nähert sich.

Da, als ich gerade kreuzend dem Ausgang zustrebe, legt sie ihre Hand auf die meine:

Nein, ich würde zu dir kommen. Aber was du da sagst, kann ja nie geschehen.

Ich glaubte ihr, ich glaubte ihr nicht; dem goldenen Sonnentag zuliebe glaubte ich ihr.

Jetzt hatten wir die Föhrde hinter uns und vor uns wogte das Meer. Bei seinem Anblick, seinem salzigen Atem, seinem ruhlos rollenden Rauschen verflog die träumerische Stimmung. Es ist zu groß, es duldet kein Träumen, das Meer regt auf. Da, als ich gerade eine mächtige Woge nahm und sie dröhnend unter unserem Kiel zerbrach, trieb mich irgend ein Seegespenst –

Würdest du für immer bei mir bleiben, Claire? rief ich durch das Brausen und Lärmen. Sie wendete sich nicht, sie sah geradeaus in die quirlenden und sich bäumenden Wogen.

Ich würde dich unglücklich machen.

Aber du liebst mich doch!

Ich würde dich trotzdem unglücklich machen.

Dann starrte sie weiter geradeaus auf die ringenden und grollenden Ungeheuer. Während ich Woge auf Woge nahm, starrte sie geradeaus, krallte vor Lust die Nägel in die Planken und sah mit aufgerissenen Augen zu, wie die grünen Bestien im wilden Übermut sich rollten und wälzten und bäumten und mit ihrem dröhnenden Lachen und wütendem Gebrüll die Luft zerrissen. Ich sah ihr zu und setzte von Woge zu Woge und freute mich an ihrer Lust. Mögen wir euch auch nie durchschauen, mögt ihr noch immer verborgenere Schlupfwinkel in euch haben, mögt ihr wie das Leben sein, ewig rätselhaft und ewig verlockend: ich liebe euch wie ich die Wogen liebe, die unberechenbaren schönen Bestien. Aber seid nicht zu stolz auf eure Abgründe und Schlupfwinkel und gefährlichen Lockungen, denn daß ihr so unberechenbar seid und so kompliziert und doch in allem so unschuldig-selbstverständlich wie das Leben selbst, das seid ihr nur unseretwegen und durch uns.

Kompakter kamen die Wogen angebraust, dröhnender bäumten sie sich hoch, wilder nahmen sie uns auf ihre grünlichen Rücken –
Wir wenden!
wie ein Flintenschuß knallte das Segel und gleich einem Vogel flogen wir zurück.

Es war Abend geworden, kalt blies der Wind und blutrot verbrannte die Sonne. Da hüllte ich Claire in meinen Mantel und zog sie neben mich. Durch die grünen aufgeregten Wasser flogen wir, unser prall sich bauschendes Segel begoß die Sonne mit leuchtendem Rot und dein Goldhaar wehte und flatterte. Aber menschenleer war der Strand, ein verfaulter, sandverwehter Strandkorb war unser einziger Bewunderer.

Wir hatten die Mole erreicht und ich vertaute das Boot, um es am nächsten Tage abholen zu lassen. Als wir zum Bahnhof gingen, brauste und dröhnte die See, über der der Sturm erwacht war, uns ihr Abschiedslied zu.

Werden wir sie je gemeinsam wiedersehen? Je wieder auf ihrem grünlichen Rücken ins Unendliche fahren?

Uns fröstelte, eine namenlose Trauer überfiel mich – wir stiegen in den Zug und fuhren heim. In meinem Arm lag Claire, still und mit träumenden Augen – was träumte sie wohl? –, und ich mußte es zufrieden sein, daß dieser Tag, dieser träumerische zweiflerische rätselschwangere lösungsreiche und hellseherische goldene Frühlingstag zu Ende ging.

Wir aßen gemeinsam zur Nacht. Aber die Musik, die uns aufspielte, wollte wenig zu der passen, die uns noch rauschend und brausend im Ohr lag, und die Menschen und verschnörkelten Wände kamen uns klein und elend vor, wo unser Auge noch von blauer und grüner Unendlichkeit träumte. Wir waren abgespannt, wir sehnten uns nach Einsamkeit und Ruhe und gingen heim.

Hier schmiegte sich Claire fest in meinen Arm, sie versuchte zu plaudern, versuchte noch zärtlich zu werden, aber müde fiel sie zurück und schlief mit einem glücklichen Lächeln ein. Ich spiele noch gedankenverloren, gedankenlos mit ihrer entblößten Brust, dann decke ich sie behutsam zu und betrachte lange ihren Kopf, der fest und schwer in meiner Schulter ruht. Ihr Atem geht gleichmäßig und sanft, das selige Lächeln bleibt und schwindet nicht, kein häßlicher Traum geht über ihre kleine Seele.

Aber vor den Fenstern draußen rumorte und sang der Frühlingswind und lockte mich heraus.

Ich würde eine Stunde mit dir durch Felder und Wälder laufen und Phantast sein, aber dann mich in eine Frage verrennen und am Ende in deinem Singen und Brausen nichts als Rätsel und Sinnlosigkeit sehen. Ich bleibe hier und höre dir zu.

Dann löschte ich das Licht und lauschte seinem Brausen und Toben, bis sie in meinem Arm erwachte und mein Lauschen störte. –

Die folgenden Tage zählen zu den vollkommenen in meinem Leben. Drei Wochen Unbekümmertheit, drei Wochen ein Leben in Heide und Wald, drei lange Wochen goldne Gedankenlosigkeit und drei Wochen das Bewußtsein, geliebt zu sein. Und das Alles durchpulst von dem stürmisch hervorbrechenden Mai, das Alles ausgebreitet über ein reizvolles Stück Erde – mußte mir nicht so das Leben erträgbar sein?

Es ist ein elendes Nest, wohin mich in diesen Nebel- und Regentagen das Leben verschlagen hat. Schiffbrüchig liege ich hier, das wüste Meer spie mich aus, in Nebelländer jenseits der Hyperboreer spie es mich aus und ich weiß mich vor dem Nebel und Regen nicht anders zu retten, als dadurch daß ich der Luftbilder und Inseln gedenke, die da im freien gefährlichen Meer blühen. Kein Leben ist um mich und die Menschen, die hier hausen und leben von Tran und Kohl, das ist eine böse Mischung von Westfalen- und Holländerblut, ein mißtrauisches, hämisches, zanksüchtiges, dickschädliges, zäh an der Erde klebendes unfrohes Geschlecht.

Ich sehe sie nicht, ich meide und fliehe sie, ich lebe unter ihnen unfaßbar wie ein Gespenst, ich bin nichts als eine Vereinigung der von ihnen erzeugten bestimmten Folge von Verdickung und Verdünnung der Luft und der von mir nicht absorbierten Lichtstrahlen – ich bin nichts als mein Name.

Und was bin ich mir selber anders als ein vorübergehender Zusammenschluß der Kreuzungspunkte zahlloser Wellensysteme unter einem einzigen Brennpunkt, den eine transzendente Linse schafft, dem »Ich«? Auch nicht viel mehr als ein Gespenst – das ist noch weniger als der Spuk, den die Leute sehen!

Auf wie lange Wochen bin ich hier begraben, ohne Licht, ohne Sonne, ohne Meer und ohne Liebe. Wie soll das enden? Wie lange soll der Spuk im Nebelland umgehen? –

Am letzten Abend vor dem Aufbruch saß ich zusammen mit Claire und meinen Kameraden in einem Restaurant. Eine Zigeunerkapelle spielte da und wir saßen zu sieben um einen Tisch; Tabakswolken umhüllten uns, die man bald als melancholischen Zirrusstreif, bald als cholerischen Kumulus oder phlegmatischen Stratus hätte deuten können. –

Ja, was wir nicht alles haben möchten!

Ein Meerweib möcht ich haben.

Ein Meerweib?

Ein Meerweib will er haben?

Du? ein Meerweib willst du haben?

Ja, ein Meerweib möcht ich haben. Grün ist ihr Haar und flutet wie der Tang, blau sind ihre Augen wie die See, rank und schlank sind ihre Glieder und voller Kraft, und ihr Sehnen geht dahin, einen Felsen zu finden, an dem sie zerbricht und zerschellt. Sie denkt nicht, sie grübelt nicht, sie redet nicht, sie schreibt keine Bücher und macht keine Konversation – sie sucht den Felsen, an dem sie zerschellt.

Wie sie ihn mit ihren Armen umschlingt, ihr Haar ihn überflutet und ihr schillernder Leib sich an ihn krallt, sich über ihn wirft und wie sie stöhnt und lacht! Zerschellt fällt sie an ihm herab und umschäumt und umkost, umschmeichelt und umleckt seinen störrigen Fuß – sie umschmeichelt und umlockt ihn Tag und Nacht, bis er zerfällt und in ihre weichen weichen Arme sinkt. Ja, so ein Meerweib möcht ich haben, so ein Felsen möcht ich sein.

Du, von einem Meerweib kann ich eine Geschichte erzählen. Es war in Saßnitz, da lief mir einer nach, der lief mir nach! sage ich dir. Aber ich mag sie nicht, die einem nachlaufen. Er wollte es nicht anders und da bestellte ich ihn auf Nachts um zwölf zu den Wissower Klinken. Und – hast du Töne? – der ging hin. Und dann mußt du wissen, es wurde schon Herbst und regnete und stürmte und das Wasser lief bis auf die Promenade herauf. Ich habe schön gelacht, wie der da in der Nacht gewartet hat und keine Claire kam. Aber am nächsten Morgen haben sie ihn am Strand gefunden, abgestürzt und beide Beine gebrochen und halb im Wasser hat er gelegen. Was klettert der auch bei den Wissower Klinken herab! – Oder meinst du, daß er da mit Absicht heruntergesprungen ist –? Und als ich ihn im Krankenhaus besuchen mußte, da hat er in einem fort von seinem Meerweib geredet. Keiner wußte, was er damit wollte, aber schließlich kam es raus. Siehst du, da im Wasser hatte zwischen den Steinen ein toter Seehund gelegen – der war schon aufgegangen – da hat es in der Nacht denn wohl so ausgesehen, als wäre das der Leib von einem Meerweib gewesen. Verrückt. Und – hast du Töne? – wie er nun wieder humpeln kann, kommt er hier angehumpelt und will sich wieder mit mir verabreden! Der – na, ich hätte fast was gesagt.

Aber wo er doch Ihretwegen fast ertrunken wäre –
Der? der hat ja rotes Haar!
Aber heraus bestellt haben Sie ihn trotzdem?
Natürlich! der wartet jetzt in Warnemünde vor dem Strandhotel. Laß ihn warten! da braucht er wenigstens nicht abzustürzen und noch einmal die Beine zu brechen. Nicht wahr, mein Liebling?

Ja, so ein Meerweib muß ich haben. Das ist es gerade, was das Weib entschuldigt, daß sein ganzes Sinnen auf einen Punkt zielt. Das ist das Schöne an ihm und erklärt und verschönt alle seine Schlangen- und Teufelsmoral. Und nun pfuschen wir der Natur ins Handwerk und lassen es Ärztin werden und schicken es ins Parlament und – verheiraten es nicht einmal rechtzeitig, wenn es anfängt Bücher zu schreiben!

Und weswegen wir heute so wenig Erfreuliches unter uns finden? Man zeige mir den, der ganz leibgewordener Wille zu einem Ziel ist! Das ist alles geistiger Mischmasch und Kitsch, so daß als die Erträglichen nur die bleiben, die körperliche Fertigkeiten üben und lehren. Der Soldat, der Matrose, der Flieger und Polfahrer, das geht noch an, das andere ist verkümmert und zersplittert, ist trüber Mischmasch und Aufguß und Kitsch.

Und weswegen werten Sie den Erzieher des Geistes geringer als den des Körpers? Sie trennen ja wie die Unteroffiziere Seele und Leib und stellen vielleicht noch ein Kausal- und Rangverhältnis zwischen ihnen her.

Gewiß, und zwar das von Herr und Knecht. – Der Körpererzieher arbeitet nicht mit bewußten oder unbewußten Lügen, er weiß klar und eindeutig, was er will, und ich kann ihm glauben in dem, was er mir verspricht, und er erklärt mir offen die Gründe seiner Methode. Aber wenn Sie mir versprechen wollten, mir eine künstlerische Weltanschauung beizubringen, ich würde schon vorsichtig sein! Weiß ich doch nicht, ob Sie selbst an die Ihre glauben, ob sie innerlich durchgearbeitet und lückenlos ist, ob sie die restlose Krönung aller Ihrer Gedankenkomplexe oder nur ein Ihnen wesensfremder Eindringling ist, den Sie vergeblich sich zu assimilieren suchen, ob sie mir, die Sie mich nur Ihre eigene, ganz gleichgültig, ob sie Ihnen fremd oder wesenszugehörig ist, lehren können, nicht schädlich ist, ich weiß nicht, ob Sie mit Ihrem Unterricht nicht Hintergedanken verbinden – und die Gründe Ihrer Methode? Du lieber Himmel! Gewiß, es ist vielen ernst mit ihrem Unterrichten, wenigstens sagen sie es und das Klappern gehört zum Handwerk, aber wie viele unter ihnen mögen nur eine Ahnung haben von der Bedingtheit, den Grenzen und Abgründen ihres Lehrgebietes? Und ganz allgemein, was kann er mir denn geben? Doch nur, daß er mich erkennen lehrt, daß ein Abschluß oder irgend ein definitives Können in geistigen Dingen unmöglich ist. Er lehrt mich Grenzen und innerhalb dieser meine Unfähigkeit – das ist allerdings, und gerade heute, wo uns die Lösung der Welträtsel für eine Mark bunt geheftet auf den Tisch gelegt wird, sehr viel wert, aber – was nützt mir das? Verspricht mir aber Mister *Suchaone*, einen guten Boxer, Herr Soundso, einen guten Flieger aus mir zu machen, dann kann ich unbekümmert mich ihnen anvertrauen. Und wenn ich hier keinen Abschluß erreiche, dann weiß ich, es lag an mir und nicht am Unterricht und Stoff. Ich pfeife auf das, was sich Geist nennt! Das ist Lug, Mittel, Dunst – ich freue mich auf unser Lockstedter Lagerleben.

Dann sind Sie auf dem besten Wege, geistig indifferent zu werden und am Ende zu verrohen.

Lieber verroht, als vergeistigt.

Und die Kunst?

Ist einmal nichts als eine Anreizung, eine Verlockung und Verführung zu körperlichem Genuß, ein andermal eine Tröstung über entgangene oder unerreichbare körperliche Freuden; letzten Grundes nur eine Medizin.

Wollen Sie vielleicht darauf eine Weltanschauung bauen?

Eine Weltanschauung? – Meine Weltanschauung ist mein guter Marsch, mein gutes Fechten und waghalsiges Segeln und diese holde Dame hier.

Das ist eine schimmernde Verbohrtheit, mit Ihrer Erlaubnis ein glänzender Mist.

Und damit denken Sie mich wohl geschlagen zu haben? Eine Verbohrtheit – die könnte diese »Weltanschauung« doch höchstens in Ihrem Gedankenreich sein; was wissen Sie denn, ob sie nicht die notwendige Schlußfolge des meinen ist? Wie kann man eine Weltanschauung überhaupt objektiv beurteilen? haben Sie einen Maßstab, eine allgemein gültige Norm für sie? ist nicht jede für ihren Besitzer zweckvoll, vollkommen und wahr? Meine Verbohrtheit hat soviel Existenzberechtigung und ist so fern vom Absoluten wie Ihre Wahrheit; gleichzeitig ist sie aber auch ebenso ein Ausfluß und eine Erscheinung des Unzugänglichen und ebenso wirklich, ebenso wahr und wertvoll und ebenso fliegennichtig und sinnlos wie jene. Nur für die Unteroffiziere kommt es auf die Dauerhaftigkeit an, und da ist allerdings die Wahrheit, das heißt die verbreitetste geistige Reaktion gegen das Leben, älter und dauerhafter.

Aber Liebling!

Ach! ich ärgere mich, wenn ich überall und stets und allerorts unseren Kopf gelobt sehe auf Kosten unseres Unterleibes, den jungen Trieb auf Kosten des uralten Stammes, die Gefahr auf Kosten der Sicherheit, das schillernde Schweifen und ratlose Vagabondieren auf Kosten der Ruhe, die geniale Krankheit auf Kosten der philiströsen Gesundheit. Nein, der Geist ist nie Zweck, ist immer Mittel und Organ, und so soll es sein. Zweck ist stets unser Leib; wird aber jener zum Zweck, so ist die Disharmonie und Krankheit da. »Ein Dieb ist der Gedanke am Leben«; genießen sollen wir die Schönheit des Lebens, aber nicht über sie denken, und erst recht nicht über sie denken, um dann über dieses Denken wieder zu denken. O du Welle, die nur lebt, um am Felsen zu zerschellen!

Ich hatte Sie immer für einen extremen Idealisten, in Ihren verrückten Stunden, die wir ja alle haben, für einen Solipsisten gehalten, und nun – –

Praktische Philosophie, mein Lieber. Merken Sie denn nicht, daß ich mich für drei Wochen Lagerleben trainiere? Und merken Sie denn nicht, daß ich – süßer Zucker gesagt habe? Denn wann wäre eine Philosophie nicht »praktisch« gewesen? Sie ist im letzten Grunde doch nichts als eine Trösterin und Berauscherin, mag sie die Erde zu einem Jammertal und das Leben zu einer verneinenswürdigen Objektivation eines blinden Willens machen oder die Welt, so wie sie ist, zur bestmöglichen aller möglichen Welten erklären. Sie rangiert nicht viel höher als Venus und Bacchus und seine spirituösen Untergötter. – Aber wollen Sie wissen, mit welchen geistigen Taschenspielerkunststücken und grotesken Sophismen ich mir meinen philosophischen Haustrank braute?

Stellen Sie sich eine Fläche vor, auf der zweidimensionale Wesen leben, lebende Schatten. Und diese Fläche denken Sie sich im dreidimensionalen Raum bewegt. Dann erscheinen die Punkte dieses Raumes den Zweidimensionalen in der Form der Zeit. Der Analogieschluß ist, daß das, was uns Dreidimensionalen zeitlich, einem Vierdimensionalen räumlich und gleichzeitig erscheint. Dem Einwurf, daß das, was für den Vierdimensionalen etwa noch eine zeitliche Folge ist, einem Fünfdimensionalen räumlich angeordnet dünkt, und so einschachtelnd fort bis in eine Unendlichkeit, begegne ich mit dem Satz, daß etwas Unendliches nicht sein kann, da alles Sein auf der Begrenzung beruht. Einmal müßte eine solche Einschachtelungsreihe ein Ende haben. Und für den Geist auf dieser Stufe, für den »zeitlosen Intellekt«, ist die Welt ein festes zeitloses Gebilde ohne Werden und Vergehen. Für eine gewisse Höhenstufe des Intellekts, die wir analogisch erreichen können, sind alle Formen der Welt, die sämtlichen Stadien dieses Rauchringes, wie die kleinen Gedanken, die die Claire gerade denkt, zeitlos, das heißt ewig, unsterblich. Es ist das starre Sein, die homogene ruhende Kugel des Parmenides.

Wir glauben an die Lehre der Ewigen Wiederkehr, an diesen Januskopf, wie man ihn schauerlicher nicht ersinnen konnte. Glauben wir vielleicht gerade deswegen an ihn? Können wir dem Unzugänglichen nicht genug Schauerliches andichten? – Eine gleiche Konstellation der Kräfte, der Ring der Ringe kehrt ewig wieder. Nehmen wir aus diesem Ring vom Standpunkt jenes höheren Intellekts die Zeit und damit die Wiederkehr, so liegt in einem x-dimensionalen Raum die Welt, die nichts ist als formgewordene, sich in der Form uns darstellende Kraft, und alles, was in ihr ist und war und sein wird, in ewiger Ruhe da. Das ist die intellektuelle Unsterblichkeit, wie es auf dem Etikett meines philosophischen Haustranks zu lesen – stand.

Ja, mein Lieb, wir sind ewig da. Immer wieder werden wir uns zum ersten Male fragend und aufflackernd in die Augen sehn, immer wieder werden wir an einem goldenen Sonnentage ins Unendliche segeln, immer wieder werde ich dich mit unsäglicher Liebe zu mir ziehen und immer wieder wirst du – –

Ja, die Liebe – begann der Doktor.

Die Liebe, kam ihm ein anderer zuvor, als ob er das am besten wüßte, die Liebe ist nichts als gekränkte Eitelkeit. Sie erwacht immer erst, wenn man den geliebten Gegenstand verloren hat oder er uns verloren zu gehen droht.

Wenn man den geliebten Gegenstand –?

Nun ja, auf den man ein ausschließliches Recht zu haben glaubt. Daß gerade ein solcher Kümmerling mir, einem Kerl wie mir, das Mädchen weggenommen hat, das wurmt und nagt und beißt. Und vorher, da war sein ganzes heißes Liebesglück nichts als befriedigte Eitelkeit, die aber als solche nur bestehen konnte durch ihr drohendes Gegenteil. Die ganze Sehnsucht, die ganze Liebe – pah! nichts als gekränkte Eitelkeit!

Sie haben wohl traurige Erfahrungen gemacht. Aber Fräulein Claire, was halten Sie von dem, was man Liebe nennt?

Da sah sie mich mit nassen Augen an und lehnte ihren Kopf an meine Schulter. –

Mit einem Sprung setzte die Musik zwischen uns, wirbelte mit ihrer prickelnden Quaste über unsere nachdenklichen Gesichter und zerrte sie wieder in ihre alten Runzeln und Falten zurück.

Jetzt laß das Wasser in deinen Augen trocken werden, es ist der letzte Tag in der Garnison; liebe mich, lach, quäle, beiße und locke mich, sei wie die Welle.

Der Abend zerflatterte uns unter den Händen. Wir ließen uns treiben – ach! wann habe ich mich wohl nicht treiben lassen! – und ich genoß ihren Abschiedsschmerz wie einen linden Opiumrausch, der den Fragegeist zur Ruhe bringt und das unterirdische gärende Drängen des Willens lähmt und die Welt uns malt wie ein schönes schweigendes Bild. Dann kam die Nacht mit ihrem übervollen Schoß von Zärtlichkeiten und Tränen. –

Auf Morgens um einhalb sechs war der Abmarsch festgesetzt, um einhalb fünf verließ mich Claire. Sie spreitete noch sorgsam mütterlich die Kissen über mich, glättete sie und deckte mich liebend zu.

Und nun komm so wieder, wie du von mir gehst. Du weißt, was du mir bist.

Noch ein Zunicken und tapferes Lächeln und auf drei lange Wochen sehe ich dich nicht wieder.

Ich nehme die Uhr in die Hand und koste noch die letzte Minute der süßen Erschlaffung in Körper und Sinnen aus. Seltsames Leben! Ein wirbelndes Meer von Rätsel und Gefahr und gepeitscht von dem Sturm Notwendigkeit, und doch finden wir Planken und Inseln, auf denen wir den kurzen Traum des Glückes träumen können, und träumen müssen, wenn wir uns nicht aus Überdruß und Ratlosigkeit in die unheimlich lockende Finsternis fallen lassen wollen.

Nach einigen Stunden stampfte und dröhnte unser Zug in den Mai hinaus und schwenkte seine Dampffahne weit über die Hügel und Wälder. Nach Holstein! nach Holstein! ratterten die Räder.

Als es Mittag war, zog er seine weiße Fahne ein und rollte träg und stoppte und keuchte wie ein müder Gaul. Dann stiegen wir an einem elenden Haltepunkt aus und sahen uns an:

Es geht auf Eins, und des Abends erst sollen wir in Lockstedt sein. Man zu! Das Lagerleben beginnt!

Und es begann bei glühender Sonne und mit Waten in tiefem schwarzen Sand. Und als wir nach mühseligem Marsch und hechtlangen Sprüngen über die endlose Heide die Baracken erreichten, sahen wir aus schwarz wie die Teufel.

In Lockstedt angekommen, ich sehe aus wie der leibhaftige Mohr, schrieb ich an diesem Abend an Claire.

Wir schliefen mit den Leuten zusammen in den Baracken und für die erste Nacht war mir mein Lager zwischen den zwei größten Schmutzfinken der Kompagnie angewiesen. Über mir aber wälzte sich ein »einjähriger Lehrer« in seinen pädagogischen Träumen und unter seinem zwei Zentner schweren Gewicht knackten und bogen sich die Bretter. Als aber, da die Lageruhr zehne schlug, ein Unteroffizier das traurige Lämpchen ausblies, erhob sich erst zaghaft und leise, dann anschwellend zum dröhnendsten Fortissimo eine unerhörte Musik. Das schnarchte und sägte und stöhnte, das prustete und fauchte und keuchte, das zog pfeifend wie ein lungenkranker Gaul die Luft ein und stieß sie wie ein zerplatzendes Ventil wieder aus, das röchelte wie ein Sterbender, das lallte im Schlaf, das grunzte in seinem unflätigen Traum, das wieherte krankhaft und schreckhaft auf, das hustete und schnaubte und orgelte – und ein Dunst kroch aus der Finsternis, stieg aus den aufgerissenen Mündern hoch, den Betten, von den im Schlaf entblößten Leibern, das stahl sich aus den Spinden von dem Lederzeug und ranzigen Speck, das sickerte von den zum Trocknen an langen Leinen aufgehängten Strümpfen, das pufftte wie ein Peletonfeuer und schwoll schließlich als dämonische Wolke aus den durchschweißten Fußlappen hoch, das wälzte sich und rollte in teuflischen Knäueln vor den verschlossenen Fenstern und warf sich, da es keinen Ausweg fand, auf mich –: da grunzte und schnalzte der Schmutzlümmel zu meiner Rechten, als fräße er Speck, ein nackter Fuß schob sich zu mir herüber, schimmerte bleich und verschwommen und krallte vor Lust die Zehen, und ein Geruch löste sich von diesen feuchten Zehen – an einer Linde, deren schwellende Knospen ich in dem bleichen Sternenlicht in einem stumpfen Glanz schimmern sah, lehnte ich wie ein weißes Gespenst und spie die Reste meines Abendessens in die Nacht. Dann stürzte ich in die Höhle zurück und raffte meine Kleider zusammen und kleidete mich im Freien an.

Hier schlich ich zwischen den Baracken umher und umkreiste das schlafende Lager, immer auf der Hut und mich vor den Patrouillen duckend, bis ich mich fröstelnd in einen Strauch verkroch. Ich zog die Knie hoch und schlang die Arme um sie, rollte mich zur kleinstmöglichen Kugel zusammen und suchte über den Doppelbegriff der körperlichen Reinheit ins Klare zu kommen. Es gelang mir nicht, und da es kälter wurde und ein Wind von der fernen See kam und gemächlich gen Osten lief, rollte ich mich noch fester zusammen und legte den Kopf auf die Knie und gedachte des weißen Mädchenleibes, der sich gestern in meinen Arm geschmiegt hatte und trotz meiner und seiner moralischen Verkommenheit selig gewesen war.

Als der gelbe Morgen aus den Heidehügeln gelaufen kam, hing da eine ziegelrote Wolke im Osten, so groß, daß eine Haselnuß, die in Armlänge vor dem Auge hängt, sie hätte bedecken können. Von der fiel ein Reif auf mich und da er auf meinen müden Lidern lag, verdunstete er in ihrer Wärme und ward ein Traumbild, als schwömme ein Schwan, überhaucht von einem leisen Flamingorot, hoch über die Städte und Wälder. Aber zwischen seinen aufgebauschten Flügeln saßen zwei Menschen und tauchten ihre Hände in einen Korb mit Rosen, der zwischen ihnen stand. Dann lächelten sie und ließen die Rosenblätter auf die Erde flattern. – Wer waren diese zwei Menschen? wer war der Schwan, dessen schneeig weißes Gefieder das zarte Flamingorot trug? Aber die Wolke löste sich auf – der Morgen trank sie wohl? und es schwand mein Traum.

Doch ich fürchte, ich weiß zu gut, was mich zum Weibe zieht. Das ist nicht das Rätsel und nicht die Lust, das ist ganz etwas anderes, das ist vielleicht gerade das Gegenteil von beiden. Ich fürchte, ich weiß es zu gut, aber ich will es nicht wissen und vertusche und verzuckere mir meine bittere Weisheit. – Aber schmeckt dieser Zucker nicht süß, ist die brandende gischtende Welle nicht schön?

Im Lager begann es sich zu rühren und da die Patrouillen eingezogen wurden, verließ ich mein Strauchlager und wärmte und schmeidigte meine steifen und kalten Glieder, dann ging ich in mein Hotel, wo ich mich umkleidete und meinen Körper in kaltem Wasser wusch, und tat dann meinen Dienst wie sonst.

Hügeliges Land war's, das wir in diesen Tagen die Kreuz und Quer durchstreiften. Heide mit vermoorten Mulden und breiten Höhenrücken, auf denen die Kiefern- und Birkenbüsche lagerten wie eine Herde riesiger Dinosaurier und Diplodoken, die sich hier zur Mittagsruhe niedergelegt hat; niedriges Eichengestrüpp, kraus und ineins verfilzt wie das Wollhaar einer Vollblutnegerin; alter, eben sich begrünender Buchenwald, in dessen Schatten man sich freute aus der zitternden Sonnenglut, die draußen über der Heide und ihren Diplodokenherden lag, zu flüchten; und Weiden, hochgelegene und magere, wenn sie von den Heiderücken ausliefen, und überwuchert mit Thymian und duftenden Kleearten; schwarzerdige Sumpfwiesen, wenn sie sich aus den Eichen- und Erlen- und Rotdorngestrüppen herausschälten, düsterrote Sumpfblutaugen glotzten hier und das Schaumkraut warf dort sein lilafarbenes Wogengekräusel. Überreste eines zerschossenen Dorfes lagen in ihnen und ein Bach floß durch seine Trümmer; aus einem ungangbaren Erlen- und Salweidensumpf kam er gelaufen und erzählte sich hier, indem er gemächlich über die Scherben und Ziegelstücke rollte, Geschichten mit einem alten Birnbaum, satyrische Geschichten über die Menschen, die hier einst taten, als wären sie die Essenz und der Angelpunkt der Welt; und wenn sie gut gelaunt waren, so machten sie ihre giftigen Glossen über die Beobachtungsstände, die in der Ferne kauerten wie Riesenpilze oder schwarze Erdgeschwüre, über die kahlen Stangen, wie sie tagaus, tagein ihre korbgeflochtenen Bälle ins Blaue reckten, über die steinernen Beobachtungstürme, die aussahen als hätte man eine rote Riesentanne in der Höhe ihrer ersten Zweige geköpft, und über die weißen Sandflecke, die die krepierenden Geschosse in die braune Haut der Höhenrücken gerissen hatten – und wollten sie an uns ihre Zunge üben, so dachten sie der ineinander verfilzten Eichengestrüppe, die ich oben mit dem Wollhaar einer Vollblutnegerin verglichen habe. Über dem allen aber hing während der ganzen Zeit unseres Aufenthalts ein wolkenloser Himmel, aus dessen Zenit die Sonne ihre brennenden und bräunenden Strahlen auf uns nieder goß.

O dieses Schmoren in der Sonne, dieses Blinzeln ins Licht, wenn wir als Patrouille weitab von der Kompagnie hinter einer Kiefer oder im hohen Heidekraut in Deckung gingen! Diese Lerchen, Tausende eifersüchtiger trillernder Punkte in der Höh, dieser Duft von Thymian, der über der ganzen Heide lagerte und in unsere Sinne einen warmen Taumel von Sorglosigkeit und Heiterkeit warf, o dieses absolute Unbekümmertsein und Aufgehen in nichts als in wohliger Sommerwärme!

Dann erhoben wir uns wohl und äugten umher und beobachteten durch das Glas die ferne einen Höhenrand anstürmenden und ankriechenden Linien – merkwürdig war es, daß ich dann auch das Feuer und Hurrarufen deutlicher wahrzunehmen glaubte; aber bald fielen wir wieder zurück und brannten und schmorten und streckten uns und blinzelten ins Licht.

Der Tornister unter dem Kopf ist weicher als ein Daunenkissen und die struppige Heide elastischer als ein Federbett – dann legt man den Helm auf den Leib und faltet die Hände über der Brust, das Gewehr schläft im Arm und man sieht in den Himmel und schmort.

Aber einmal an jedem Tage beginnen die Hügelheidewellen zu wogen und zu schaukeln, ich schwimme und schwimme auf ihnen hinaus und kreuze und schmeichle um ein winziges gelbes Haus, das da ferne an der Ostsee irgendwo an einem Hafen liegt.

Und wurde Halt! geblasen, klang es aus allen Gebüschen und Mulden, von allen Höhen und sich endlos ins Braungrün verlierenden Flächen, so schulterten wir gemächlich unser Gewehr und gingen dem Lager zu, dessen Wahrzeichen, der Wasserturm, hoch über die Heide blickte. Und da glückte es uns denn wohl, erst bei schon begonnenem oder gar beendigtem Parademarsch, der täglich die Übungen abschloß, anzulangen; immer aber kehrten wir schweiß- und staubbedeckt zurück und freuten uns der täglich wachsenden Bräune unserer Haut.

In unserem Hotel hausten wir zu vieren auf einem Zimmer, dessen Ausrüstung aus vier Betten, zwei Kleiderständern, zwei Waschtischen und einem Fenstertisch bestand, auf dem sich alles zusammenfand, was nicht hängen und nicht recht auf dem Fußboden stehen konnte. Als Badewannen dienten die Waschschalen, in die wir uns hineinstellten und aus Kannen und Karaffen das köstliche kalte Wasser über uns gossen; die Bettkissen benutzten wir als Wurfgeschosse und Hiebwaffen, die Gläser als Geschütze, aus denen uns heimtückische Güsse auf den entblößten Rücken fuhren, und auf unseren Betten lagen wir nach dem Essen nackt wie die jungen Götter und freuten uns unserer Nacktheit und göttlichen Müdigkeit; der Fußboden aber war ein Tummelplatz für Stiefel und Brotbeutel, für reine und schmutzige Wäsche und stellte nach den Kissen- und Wasserschlachten einen Ort des Grauens für ein Schock derber Zimmermädchen dar. Unser Getöse empörte zwar das Haus, aber kam uns einer mit offiziellem Blick und energischem Mund, so umflogen ihn Wasserstrahlen und Kissen und so blieben wir denn unbehelligt.

Und vor einem Jahr vergrub ich mich in die dämmernden Irrpfade Buddhas oder wandelte auf den gefährlichen Höhen Zarathustras und sah mir mit einer nicht geringen wollüstigen Verzweiflung zu, wie leicht sich unsere Werte und Begriffe in nichts auflösten, wie die stolzesten Formeln, die sichersten Welten und ehernsten Gesetze nichts wurden als Schall und Rauch und blaue Gespenster, als deren verschämter Vater sich der Wunsch und die Notdurft entpuppte. Und jetzt – sollte man es für möglich halten?

Des Nachmittags aber saßen wir draußen und sahen zu, wie der Mai die Lindenknospen aufbrach und die wilden Kastanien immer verlangender ihre knallgrünen Hände in die Sonne streckten, und unterhielten uns mit einem gläsernen zwei Liter fassenden Stiefel, dessen goldbrauner Inhalt zugleich als der konzentrierende Mittelpunkt unseres sorglosen Geschwätzes diente. Aber um die Stunde, wo alles stiller ward und die Sonne hinten in die Heide lief, ging ich hinauf und beantwortete deine Briefe.

O deine Briefe! In ewigen Variationen rührend unbeholfen, rührend treffend die eine Melodie: Du bist mein Glück und darum habe ich dich lieb, so lieb wie du nie wieder geliebt werden wirst.

Alltägliche Briefe, alltägliche Lügen, alltägliches Geschwätz. Ich war der Fels, den die Welle umbrandet, und die Welle wurde geformt und getrieben von dem Sturm, der einen sehr prosaischen Namen führt. Sinnlos und wild heult er daher und wirst Welle auf Welle hoch – das hat mit »Liebe« nichts zu tun, bei der Welle nicht und erst recht nicht beim Fels – er sucht sie ja nicht.

Aber was gab dir trotzdem diese Gewalt über mich? Zuweilen glaube ich, das schillernd Unberechenbare und Verdorbene in dir, die

Gefahr zöge mich an. Liebt der Fels die Welle und seine Gefahr? – weswegen nur? Liebe ich mein Verderben? – was treibt mich dazu?

Oder – ich bin so müde; sollte das, was mich zu dir zog, auch nur Müdigkeit und Bequemlichkeit sein? Und ich bilde mir – weswegen denn? – deine schillernde Kompliziertheit und Gefährlichkeit nur ein?

Der Nebel liegt draußen, wochenlang liegt er schon da und begräbt mich hier. Es ist, als ob die Welt stille steht – wo ist sie noch? Leise tropft es vom Dach, es ist, als ob die Welt weint – warum weint sie noch? über den Sommer, der nie, nie wiederkehrt? – Es tröpfelt nicht mehr, die Welt trocknet ihre Tränen. Ein Hauch tut sich auf – hofft die Welt? hoffst du, mein Herz? Aber ich wollte von meinem Lagerleben schreiben, von meinen vollkommenen Tagen, und blättere in vergilbenden Briefen. Ich fürchte, ich werde in ihnen blättern, bis du – oder wird es dein knöcherner Bruder sein? – sie mir selber aus der Hand nimmst.

Aber weswegen blättre ich in ihnen? weswegen bohre ich in meiner Wunde? –

Ist die Welt Kraft, dann konstatiere ich in mir eine sinnlose Vergeudung von Kraft. – Wie denn: sinnlos? Vergeudung? Ist die Welt auch Kraft, so hat sie deswegen noch kein Ziel und keinen zu messenden Zweck. Denn legst du, das bedenke doch, an dein Mückendasein überhaupt ein Werturteil, so gilt dieses zugleich dem Universum, das dich hochhob wie der Ozean ein Schaumgekräusel. Und traust du dich, diesen Ozean, von dem du nichts kennst als seine Mechanik, zu bewerten? Der Teil will über das Ganze ein Urteil fällen? Wenn es umgekehrt wäre, das Ganze über den Teil! Und auch dann müßte es erst mit dir einen bestimmten Zweck verfolgen, nach dessen Nützlichkeit für sich selbst es dich bewerten könnte; und glaubst du denn – – Oder wolltest du damit sagen, daß die Kräfte, die sich in dir ein kurzes Stelldichein geben, stärker sind als dein sie betrachtendes und bewertendes Ich? so daß du sie dir nicht einfügen und genießen kannst und sie darum als Vergeudung betrachtest? Soll das heißen: die, welche du liebst, ist deiner nicht wert? soll das heißen: du bist ein Narr mit deiner Liebe? soll das heißen: wirf dich wieder hoch und siehe ein, daß du einen Mißgriff tatest, da du deinen Wacholdern untreu wurdest und mit deiner Liebe zu den Menschen gingest? – Ich glaube, das heißt alles nichts anders, als daß ich kleiner war als mein Glück – und deshalb verließ es mich.

Es ist der zwölfte Dezember und von frohen Tagen wollte ich schreiben und glaube, wieder einmal konstatieren zu dürfen, daß das Normale das Umsonst und das Leiden und nicht der Erfolg und die Abwesenheit des Leidens ist; oder dunkler gesagt: daß das Normale das Kleiner-Sein des Ichs als es selber ist. Das ist das Leiden und der Zwiespalt unserer Zeit, der aus einer verrückten Laune gerade in mir sein Hauptquartier aufgeschlagen hat. Aber ich will ihn schon kennen lernen, ich will ihm Auge in Auge sehn, er soll schon Hals geben, dieser Hund! –

Mit der aufsteigenden Sonne sind wir heute abmarschiert. Nebel lag noch in den Mulden und hing grau, da hinten ganz fern, wo der Sumpf liegen muß, aus dem der Bach kommt, in den damals die Leute Scherben geworfen haben und der sich jetzt mit dem alten Birnbaum satyrische Geschichten erzählt. Kalt war's und die Wiesen waren weiß. Hin und her sind wir marschiert, stundenlang. Durch die Eichenbüsche haben wir uns gearbeitet, Mann hinter Mann, und die blattlosen Gerten haben uns das Gesicht zerpeitscht. Durch die Kiefernbestände haben wir uns schweigend vorwärts geschlängelt, und kam eine Lichtung, dann ist es Gewehr rechts! im Laufschritt hinüber gegangen, wobei die Tornister mit einem glucksenden Ton auf unserem Rücken getanzt haben, dazu der Schweiß floß. Kanonenschläge durchschlugen die Luft, von irgendwo her; da sind wir irgendwo hin zurückgelaufen und haben uns, ich weiß nicht wo, geduckt, tief in einen Sumpf. Auf Ellbogen und Knien haben wir da gelegen, denn es lebten dort Sphagnummoose, die sich in der feuchten Nacht bis zum Platzen voll gesogen hatten, die Trunkenbolde. Weiter ist es dann gegangen, immer in den feuchten Tiefen, wo der Schweiß nicht verdunsten konnte und unser Körper uns vorgekommen ist wie ein überhitzter Kessel, dessen Ventile geschlossen sind. Immer ging es am Fuß der weiten thymianduftenden Höhen entlang, und immer durchschlugen die dumpfen Schläge die Luft. Seltsam aufregend ist es gewesen und das Reden hat nicht aufkommen wollen in der würgenden Luft. Wie der liegen wir in einem Sumpf, ein ganzes Regiment liegt in dem Sumpf. Großäugige Dotterblumen haben dort geblüht, saftstrotzend saßen sie da und fraßen mit ihren dunkelgrünen Herzblättern die Luft, sie öffneten ihre Glieder und prahlten und lockten mit ihren saftigen, goldgelben Genitalien. – *Caltha beata* sollte man dich nennen, sagte ich zu der schönsten von ihnen und küßte sie, da sie gerade zu meinen

Häupten stand – als schon irgendwo Schützenlinien knatterten. Dann hieß es mit einem Male, wir sollten Kompagniekolonnen formieren, und da hat es denn ein böses Gehaste gegeben zwischen den Rotdornen und Weiden, manches Schimpfwort ist da gefallen. Dann haben wir wieder eine Weile gelegen, die Brust keuchte und der Schweiß troff. Neun Uhr ist es gewesen, wie wir da gelegen haben. Aber wie das Geknatter immer heftiger geworden ist, als es schon angefangen hat, wie ein Uhrwerk zu rasseln und zu rollen, da haben wir uns in langen Linien aufgelöst und sind gemächlich Gewehr unterm Arm die Höhe vor uns angegangen – da hat es mit einem Male Marsch! Marsch! geheißen und keuchend sind wir oben angelangt und haben uns zu gleicher Zeit lang hingeworfen.

Zwei braungrüne Wellenberge und Heide allerorts. Und auf dem anderen Berg liegt der Feind. Doch das Tal zwischen uns und ihm, die große Mulde, deren Boden nicht einzusehen ist, ist maßlos breit; sehen doch die Kiefern in ihr wie Wacholdersträuchlein aus, und sind doch die roten Flaggen, die oben in dem blauen Waldrand sich eingenistet haben, nur durch das Glas zu erkennen. Da liegt der Feind! Und fünf Kilometer sind es bis zu ihm, die wir mit unseren schnellen Sprüngen zwingen sollen. Glühend hängt die Sonne über uns und zitternd tanzt die Luft über der Heide. Vor uns, weit vor uns knattert es zuweilen, ab und zu huschen Linien auf und verschwinden gleich wieder, als hätte sie die Heide verschlungen. Die Geschütze, die soeben noch dröhnten als wollte ein Knall den anderen einfangen, schweigen; auch das Geknatter da vorne stirbt, nur die Grillen zirpen, und die Lerchen trillern, und das eigene Herz schlägt laut.

Das Herz – rast! Das war ein Sprung, bei dem hat es nicht viel an einem Kilometer gefehlt! Die Pulse jagen, der Atem pfeift, ich hebe das Gewehr und versuche zu zielen; der Helm schiebt sich hoch und ein Strom braungelben Schweißes gießt von der Stirn; da entfällt es mir mit einem Knall und vor mir stiebt Sand und Heidekraut auf.

Die Lerchen trillern und die Luft rollt, wie ein unendlicher monotoner Donner rollt sie; aber die Lerchen haben sich an ihn gewöhnt – wie sie trillern! Als ob sie ihn gar – überstimmen wollen! Als ob er ihre tolle Eifersucht – noch aufstachelte! – wer weiß! Dort rechter Hand über dem Knick liegt ein hellgrauer Rauch und wie ein angekurbelter Motor rattert das herüber. Da brüllt wer:

Auf das Maschinengewehr rechts schwenkt Marsch! Marsch!

Da ist der hellgraue Rauch verschwunden und wir schwenken zurück und die roten Flaggen wachsen schon, sie wachsen! –

Die Sonne – glüht! O das – verfluchte Getriller! Nun sind wir heran! Da liegen sie! Einen Graben haben sie sich ausgeworfen und – mit Heidekraut maskiert – ha!

Mein Herz – springt! mein Atem – röchelt! Wie die Sonne – glüht! Fünf Kilometer im Sprung, das mache uns einer nach! O das verfluchte Getriller! – –

Allerorten hängen weiße Wolken in der Luft, kleine runde Wolken, und ein Singen und Pfeifen ist über mir. Da wirst einer die Arme hoch und legt sich auf die Seite – so lieg doch vernünftig! Verflucht! was stäubt die Erde vor mir auf? Allerorten stäubt sie auf. Ach so – 's ist Ernst.

Marsch! Marsch! – träume ich das eigentlich?

Wollen Sie nicht mit?

Ich bin doch verwundet; da bleiben ja viele liegen. Wie das Getöse wächst! Wie die weißen Wolken antanzen! Das glaub ich! Wie sie stolpern und purzeln und fallen, wie die Trunkenbolde purzeln sie! – Da pflanzen sie die Seitengewehre auf – da muß ich dabei sein! Hurra, jetzt stechen sie aufeinander los! Wie sie brüllen! Wie die Tiere. Wie die Knäuel sich wälzen! Herrgott, wie die brüllen!

Da richten sich gähnend die Diplodoken und Dinosaurier hoch und wenden und pendeln turmhoch mit ihren Schlangenhälsen und recken ihre Vogelköpfe starr himmelan und beginnen ein Geheule als ließe eine ganze Torpedoflottille ihre Sirenen heulen.

Jetzt haben sie ihn gewürgt, jetzt rasen sie hinterher, wie die Teufel hinterher, den Berg hinab, in den Wald. –

Scheint die Sonne nicht mehr? Das ist, als habe der Mond sich vor sie gestellt; das ist, als habe einer ein braunes Tuch über sie gehängt. Aber was wandern da für seltsame Lichter in der Heide? Was huschen für große Vögel über den Wald?

Schau! was will der einsame Kopf? Was will der Kopf? Da hat ihn nun einer auf der roten Heide verloren. Was! ist das das Schlachtfeld? Ein einziger Kopf?

Was will denn die hier? Was will das Weibs hier auf dem Schlachtfeld?

He! Leichenfleddern?

39

Was schreit denn das Weibs? Schrei doch nicht so! Blondes Haar hat sie auch.

Was brauchst du blondes Haar? Blondes Haar trägt nur eine, und die ward 'ne Hure.

Schrei doch nicht so! Rufst du mich, tolle Vettel? –

Ja, jetzt kommst du zu spät. Auf dem Schlachtfeld wolltest du mich suchen? Sieh, meinen Kopf haben sie zerschossen, meinen armen Kopf. Erst ward er verrückt, und nun zerschießen sie mir ihn; es hat nicht mehr nötig getan – die Narren.

Was? du willst mich wieder beißen? Ist das hier wohl der Ort? Ja, lache nur, das schlägt nicht mehr.

Oh! nun ist er im Zorn von mir gegangen! – Da nimmt sie das Seitengewehr und stößt es sich bis zum Heft in die Brust. Die Erde sinkt, die rote Heide unter uns fällt, unsere Namen fallen ab, wir sind nicht mehr wir; Tage, Jahre, alles fällt von uns.

Bist du es? bist du es nicht?

Auf einer Wiese gehen wir, du bist so rank, so jung. Du wendest dich zu mir:

Weißt du denn nicht, daß heute mein Geburtstag ist? Ich bin sechzehn Jahr, denk mal, wie alt! Aber was hast du für eine kuriose Mütze auf?

Das ist meine dunkelgrüne Mütze, die ich damals auf der Sekunda trug.

Komm, gib mir deine Hand; hier sieht uns keiner.

O, was du für kleine Händchen hast!

Wir gehen weiter, ich liege wieder auf der Heide, vor mir leuchtet in der Sonne ein rötlicher Stein; und ich sehe uns beide weit und weiter gehen, senkrecht über mir ins Unendliche. Schaumkraut blüht auf der Wiese, wir werden kleiner, immer kleiner, wir werden ein Punkt – da schlägt das Schaumkraut wie eine lila Woge hinter uns zusammen. Wo sind wir geblieben?

Eine Lerche singt über mir, wird kleiner, immer kleiner, wie ein Punkt hängt sie im Äther und singt und singt – aber wo? wo ist sie geblieben?

Endlos breitet sich die Heide und der Mittag glüht. Im steilen Gleitflug ist die Lerche aus der Höhe gefallen und die Grillen geigen nicht mehr. Das Schweigen geht um und faßt sich an die Stirne: schweige ich? rede ich?

Da bringt ein Hauch von ferne, von ferne – etwas Dumpfes, Taktmäßiges, Wiederkehrendes.

Da spielen sie den Parademarsch, sage ich zu mir und blinzele ins Licht. Ich springe hoch und sehe mich allein in der Heide, über der die Luft in zitternden Säulen steht. Als ein schwarzer Punkt blickt der Wasserturm über den Wald – die ferne ferne Musik hat aufgehört – der Parademarsch ist aus.

Das war der elfte Mai, an dem ich an einem heißen Nachmittag allein aus der Heide zurückkehrte und unterwegs meines Traumbildes gedachte, das in mir aufgestiegen war, während ich wie tot in der glühenden Sonne lag.

Aber als ich des Traumbildes vergaß, da mußte ich mit einem Male der *Caltha* gedenken. Nicht wahr, man ist auch neidisch auf seine Jugend, in der man eine Fähigkeit besaß, die man später verlor und die nur noch die Blumen haben, die so – dumm und unkompliziert geblieben sind?

Und doch will ich die Unergründlichkeit und Kompliziertheit lieben? – da sitzt ein Haken, und der Haken ist der, daß ich selbst der Komplizierte bin. –

Es ist Mitternacht, und der Hauch, mit dem sich die Nacht vorhinnen die Augen getrocknet hat, ist zum Sturm geworden. Sturm im Nebelland! Ich kann nicht denken, nicht schlafen – mich treibt es hinaus in die Nacht, ruhlos in die ruhlose Nacht.

Wo magst du sein? Daß dieses Blut nicht ruhen kann! –

Ich bin zurückgekehrt. Doch wie ich vorhinnen unter den jagenden Wolken und zwischen den Wänden, die die Dunkelheit gegen mich schob, wie ein Gefangener lief – hier bin ich sicher, hier bin ich allein, hierhin zwischen Licht und Bücherschränke wagt sie sich nicht, die da draußen wie ein Spuk neben mir stand, ging mit mir, sprach mit mir, koste mit mir, und der Sturm, der über mir heulte und in den Zweigen knackte und die Wolken rollte und sie zu prasselndem Regen zerschlug, peitschte mein Blut – ich bin zurückgekehrt, ich weiß nichts Besseres, als zu schreiben, Worte hinter Worte zu setzen, die Feder eilt nicht so schnell wie die Worte sie jagen – Herrgott! ich schreibe ja nur, um von mir loszukommen! –

Um von mir loszukommen? Alles Objektive beruhigt und leitet ab: ich will mich in objektive Tintenstriche verwandeln – aber auch in diesem Tintenstrichengewirr nach psychologischen Richtlinien suchen!

Deswegen schreibe ich, nicht nur um mich zu beruhigen, sondern um einen Weg zu finden, einen Weg aus dem Nebelland zur Sonne, einen Weg zum Ziel. Und dieses Ziel –? –

Eine Nachtübung war angesagt. Wir versahen uns mit wärmenden Getränken und marschierten bei untergehender Sonne ab.

Es ist finster geworden, der Himmel ist bezogen und es weht ein mürrischer Wind. Ich bin mit meiner Patrouille weit voraus, meine beiden Leute habe ich links und rechts von mir postiert und mich selbst hinter einen Knick, der wie eine kreisförmige Wehr in die Nacht ragt, verborgen. Lege ich den Kopf auf die Erde, so höre ich Geräusch und Klirren. Sie buddeln da hinter uns einen Schützengraben aus. Vor mir blitzen ab und zu schwankende Lichtpünktchen, die Taschenlampen feindlicher Offizierspatrouillen, die die Sturmstellung festlegen. Sie haben sich getäuscht, ihre Stellung ist zu weit. Hin und wieder knallt es dort unten im Sumpf, hin und wieder dringt ein fernes Hurrarufen aus ihm herauf – sie schlagen sich um die Übergänge über den Bach – noch vereinzelte Schüsse fallen, und es ist, als ob ihr Knall in der stillen Nacht vor sich selber erschräke – dann rasselt nur noch der Wind im Heidekraut. Ich raffe mir dürres Gras zusammen und knie darauf, dann stütze ich die Arme auf den Knick und blicke in die Nacht.

Es ist rauh und kalt, irgend ein Licht liegt noch in der Luft und färbt die Wolken, die streifig und schwammig den Himmel bedecken, in fahles Leichengrau. Die Birken, die sich auf den Knick gepflanzt haben, sind noch nicht belaubt wie ihre Brüder in der Heide. Denn in den Sumpf, der da unten liegt, fällt allnächtlich eine dicke kalte Luft und wenn dieser Kältesee kurz nach Mitternacht beginnt überzuschäumen, so kriechen seine weißen Wellen zäh und kalt an den Höhenrändern hoch – da mögen sie noch nicht grünen. Kalt durchschauert's mich, Trostlosigkeit und Verlassenheit liegt in der Welt und gleich einem hoffnungslosen Wanderer, der einen endlosen Weg vor sich hat und weiß, daß er unterwegs zusammenbrechen wird, stöhnt und taumelt der Wind.

Da fällt mir ein Brief Hyperions ein, den er schließt:

»Ja, vergiß nur, daß es Menschen gibt, darbendes, angefochtenes, tausendfach geärgertes Herz! und kehre wieder dahin, wo du ausgingst, in die Arme der Natur, der wandellosen, stillen und schönen.«

Falsch! Falsch! Nicht die Natur ist wandellos, still und schön, sondern nur dein Ideal – vielleicht ein krankhaftes – von dir selbst! Und da du es nicht verwirklichen kannst, gibst du der »Natur« diese Epitheta. O, die läßt sich viele Namen geben. Aber nur die Enttäuschten und Schwachen, die Ausgestoßenen und Erfolglosen und Leidenden, insgesamt die, welche über ihre Kompliziertheit nicht Herr werden, »flüchten in die Natur« und hängen ihr jenes Lügenmäntelchen um, jenes unerreichbare Ideal und beten es an. Aber in ihrer Ratlosigkeit und Flucht vor sich selbst beten sie sich selber an und lieben ihren Feind in sich, den sie nicht bewältigen konnten; sie jagen nach einem Phantom, das sie für unerreichbar halten, und sind es im Grunde doch selbst – die Schlange, die sich in den Schwanz beißt und wahnsinnig an zu kreisen fängt. – Denn die Natur selbst ist grausam und unerbittlich, sie ist weder unwandelbar noch schön, sie ist garnicht für uns erreichbar, uns ewig fremd, höchstens – als Bild! – ein Haufe sinnlos rollender Atome. Wir sind's, wir, die ihr Glanz und bunte Masken geben.

Und was ist's mit uns, die wir in jenem Flüchten eine Krankheit und ratlose Narrheit erkannt haben, die wir wissen, daß wir nicht aus uns heraus können, mit uns, deren jede Sekunde, jeder Gedanke und jede Bewegung nichts ist, denn der aufblitzende Brennpunkt zahlloser Kausalreihen, und besonders mit uns, die wir uns dieses allen stündlich bewußt sind und nicht mehr zurück können zu dem unbewußten harmonischen Triebleben des Tiers und glückhaften Philisters?

Zwei Wege haben wir, uns aus der schwarzen Trostlosigkeit jener Erkenntnis zu retten: entweder wir streben darnach, die eherne Unerbittlichkeit zu lieben, und können uns nicht Genüge tun, ihr überall, ihren feinsten und allerfeinsten Fäden nachzuspüren, oder wir sehen von ihr fort und ergeben uns dem Rausch.

Nicht jenem dionysischen Rausch, der sich austobt in hyperbolischer Bejahung, in ewiger Vernichtung und ewigem Wiederschaffen des Gewordenen – er ist triebhaft und unbewußt –, sondern dem bewußten Wegsehen und inbrünstigen Untertauchen in Mitleid, Musik und Liebe.

Aber das ist ein Symptom von Müdigkeit, Überkompliziertheit und Totgeweihtsein – ist Abendröte.

O diese mürrische trostlose Nacht! O dieser taumelnde Wind!

Und diese Straßen sind diametral entgegengesetzt, sie sind antipodisch von Urbeginn – oder sollte mein hämischer Verdacht berechtigt sein, daß auch jene erste mit der Zeit umbiegt und in die andere ausfließt?

Es ist grimmiger Neid und ein schielender gelbäugiger Verdacht – ich will meine Straße gehen und meinen Rausch trinken, bis zur Hefe will ich meinen Becher leeren und die goldensten Abendröten bauen.

Die Nacht ist mürrisch und der Wind nörgelt und fragt: hast du die Kraft dazu? Wenn dir nun einer den Becher nimmt und du nun dastehst –? Wenn eine schwarze Böe aufsteigt und dir die Abendröten verjagt und vergräbt?

Was will das Gespenst in der Nacht! O, wo bist du, daß du mir mit deinem goldnen Leichtsinn nicht helfen kannst es fortzuscheuchen? O du verfluchte Nacht! Du Grübeltier! Du Unholdsschoß!

Schatten kriechen im Heidekraut, ducken sich, nähern sich, eine ganze Linie von ihnen schleicht und gespenstert heran. Feuer! Feuer! Da sind sie wie weggeblasen. Alarm! Alarm!

Doch da gespenstert's und schleicht's unabsehbar heran, die ganze Nacht schickt ihre Schatten vor – da rollt und rast das Feuer die weite Linie entlang und die Maschinengewehre spucken unaufhörlich ihre feurigen Zungen in die Nacht. – Im Osten beginnt es zu dämmern, ein gelbes Rot huscht über den Himmel – sieh! trillernd steigt die erste Lerche hoch! –

Nebenan in der roten Backsteinkirche schlägt die Turmuhr drei. Die Wolken sind zerrissen, das Dorf schläft und vier Sterne blicken aus der schwarzen Nacht zu mir und um acht oder neun erst geht die Sonne auf. Aber ein trübgelber Klecks in den Nebeln, das ist in Kolchis die Sonne. Je länger ich hier aus meiner Höhle, ich Höhlengrübeltier, auf die toten Dächer und zerfetzten Wolken sehe und in den faulen Schlaf, der da draußen schnarcht, – das will eine Welt sein? ein Spuk ist's, ein Nebel- und Wolkenspuk, wenn viel, ein unnötiger Traum.

Oh die Jenseits-der-Hyperboreer, die kommen nicht zum Bewußtsein, daß sie leben und wie sie leben und zu der aberwitzigen Frage, warum sie leben und zu der bittern Erkenntnis, so fliegenunnötig zu leben. Sie kommen nicht dazu, zu nachtschlafender Zeit sich in Tintenstrichen objektivieren zu müssen – die Schläfer und steifbeinigen Nebel-Murmeltiere!

Da holt jeder Kristian sich seine Katrine – liebt er sie denn? er denkt nicht daran, er ist gar kein »er«, er ist eine Welle, die der Sturm treibt und welche muß, ohne daß sie weiß, daß sie muß – so nimmt er sich eine Katrine, die ihren Leib im Leben dreimal wäscht, und zeugt Junge mit ihr und räsoniert nicht darüber und schreibt nicht des Nachts um halber Vier:

Ich bin kompliziert und suche deswegen das Nichtkomplizierte. So ist's. Deswegen liebe ich den eindeutigen Trieb in ihr, und die Gefahr an ihr ist mir lieb, weil ich im Prädikat das Subjekt wittere. Gefahr, weil ich weiß, daß ich auf diesem Ruhekissen verfaule und immer weicherer Ruhekissen bedarf, und weil ich weiß, divinatorisch weiß, daß ich dieses Ruhekissen verlieren werde, daß sie mir nicht treu bleiben wird, nicht treu bleiben kann, deswegen ist sie ja Trieb und – deswegen liebe ich sie. Eine krause Sache, glotzt mich nur so an, ihr vier Sterne, aber so ist's.

Und wenn ich glaubte, ich liebte die Kompliziertheit, die Wellenartigkeit an ihr, so ist es, daß ich an den Äußerungen dieses Triebes, dem Schaum und den Brechlichtern der Welle, meine ästhetische Freude hatte und mich durch sie hinweg täuschen ließ über den zu Grunde liegenden nackten wüsten Trieb, dem ins Auge zu sehen ich zu schwach bin – ich mag es nicht, will es nicht, ich darf es nicht, ich müßte ihm eigentlich fluchen. Ich weiß, daß ich in ihr eine gewisse Ruhe finde, ich will es aber nicht wissen. Eine seltsame Sache, ihr vier Sterne, aber so ist's.

Ob es mir auch derart mit den Dingen der Welt geht, an deren bunten Erscheinungen in der Form ich mich zuweilen erfreuen, ja ihnen die Unsterblichkeit geben kann, wenn ich ihres rätselhaften Untergrundes, den ich mir bildlich anthropomorphisch am liebsten auch als einen Trieb vorstelle, nicht gedenke? Ihr verschwindet nicht hinter den Wolken, ihr vier Sterne?

Dann darf ich auch diese interesselose, »malerische« Anschauung gerade als mein rigoroses Wegsehen und meinen Rausch bezeichnen und ich mache mir durch ihn die Welt ebenso erträgbar wie die Zärtlichkeiten und spielerischen Launen und Überraschungen mir jenen anderen Trieb verschönern und verhüllen und erträgbar werden lassen.

Wie ich jene Anschauung den Rauschtrank der Erkenntnis, so könnte ich die Liebe das sich berauschen und von sich weg sehen

Wollen des Geschlechtstriebes nennen. Ihr leuchtet noch immer, meine vier Sterne?

Und – nun schwindet mir nicht! – haben die beiden miteinander etwas zu tun? Könnte eines die – Bedingung des anderen sein? – Wo seid ihr, schluckte euch die Nacht, meine vier lockenden Sterne?

Nun, so will ich nicht darüber denken, ich will nichts darüber wissen, – obwohl ich doch schon alles weiß.

Und meine Kompliziertheit – was will ich mit dem Wort? Es steckt in ihm der Versuch einer Selbstentschuldigung. Es wird nichts anderes sein als der Ärger, in dem Hinundhergerissenwerden zwischen dem Wunsch nach einer positiven Erkenntnis und dem Wissen ihrer Unmöglichkeit keine endgültige Stellungnahme treffen zu können: entweder finde dich mit jener Unmöglichkeit ab und lebe dem Nihilismus in dir zum Trotz, oder gehe fort mit einem Fluch auf den Lippen, oder berausche dich, aber mit gutem Gewissen!

Und diese Unfähigkeit, entschlossen, wenn auch mit geschlossenen Augen, Stellung zu nehmen, schiebe ich einer krankhaften, vielleicht ererbten, in der Zeit, in der Luft liegenden, »Kompliziertheit« zu. Meine Kompliziertheit, das ist nichts als Schwäche und – atavistischer – Ärger über diese Schwäche und das Überwinden-Wollen dieses Ärgers dadurch, daß ich mich vor mir selbst entschuldige, indem ich die Ursache meiner Schwäche in einer Vererbung oder im Zeitgeist suche.

Aber ist das Alles insgesamt nicht schon eine Krankheit, ist jede Selbstkritik nicht das Anzeichen des Niedergangs? –

Es ist noch immer nachtschlafende Zeit und im roten Backsteinkirchturm nebenan hat die Uhr noch nicht fünf geschlagen. Ich will in die Heide gehen und dort wie ein Spuk über die Hügel geistern. Dann will ich mich mitten auf einen der braunen Walfischrücken setzen, die da zwischen den Wäldern gestrandet sind, die mittlere Eiszeit warf sie wohl dort hin, und will den Hut auf die Knie legen und dem Wind ins Ohr flüstern: klopf an ein Fenster, hinter dem der vierschrötigste Hohlkopf haust, und dann rufe ihr zu, wenn sie erschrocken aus seinen Armen fährt: er lebt noch! in Nebel und Regen vergraben lebt er und verwandelt sich, da er nichts Besseres weiß, in Tintenstriche, lauter schwarze Tintenstriche. Hörst du?

Ob sie auch still in seinem Arm ruht, ihr Atem leicht und kein häßlicher Traum über ihre kleine – Teufelsseele geht?

Ach! geh zu deinen Wacholdern und Moorbirken, geh in die Heide! – –

Ich bin zurückgekehrt, gleich muß die Sonne kommen. Draußen in der Heide wollte ich sie über die Nebelbalken mit ihren langen Strahlenfüßen steigen sehen, aber es ward grimmig kalt, da ich auf meinem Hügel saß und auf sie wartete und ein Schluchzen und Grollen in mir war, da ich des blonden Vierschröters gedachte, der nun in ihren Armen schnarcht, und da ich gedachte, weswegen ich sie verlieren mußte. Um zu erkennen, was sie mir war, deswegen verlor ich sie. Ich verlor sie, um zu wissen, wo mein Glück und wo meine Gefahr liegt – und sollte ich's glauben! meine Gefahr liegt im bunten goldnen Tag, der so tausend Fragen stellt, liegt im brausenden Leben, das so farbige Rätsel singt. Und mein Glück, mein gefährliches Glück, ihr Sterne, – das habe ich verscherzt, weil ich es verscherzen mußte: die Schwäche treibt mich zu dem, was sich Glück für mich nennt, und die Schwäche ist's, durch die ich es wieder verlor.

Das flüsterte die Heide und raunte der Wind. Von Hügel zu Hügel bin ich gesprungen – die Rehe wurden scheu vor dem Heidespuk – bis ich keuchte, bis ich der Stimme hinter mit entflohen war und ihrem Hohnlachen: so zieh den Schluß und fluche und geh, so gehe fort und zieh die Konsequenz. –

O die Sonne! Wie ein strahlender Brand flog sie damals aus dem Meer, jetzt flüchten die Nebel wie die Heidegeister Ossians vor der glanzlosen Scheibe – des Dämons, der gelassen Rätsel- auf Rätselrunen auf unsere Erde zeichnet, bis wir in den Fäden und wirren Zickzackstrichen, in die wir uns hineingedeutet und hineingelesen und denen wir zweideutige Worte und sich widersprechende, sich in nichts auflösende und ineinander übergehende Gedanken gegeben haben, nicht mehr vor- noch rückwärts wissen und ratlos die Hände zusammenschlagen: was ist das? wozu führt das? könnten wir wenigstens wieder aus diesem Labyrinth *heraus*!

Darum untertauchen – untertauchen um jeden Preis!

O der Feigheit, o des faulen Schlafs und der Sabbatruh!

Der unnötigen Exaltation! Da lege ich Werturteile an mich, die ein Banause für einen Banausen schuf! Als ob die Arbeit um der Arbeit willen nicht auch ein Untertauchen und ein Rausch wäre! da tue ich einen kleinen Blick in mich und zürne mir und – schäme mich!

Ich will nun einmal müde sein und in einer braunen Wolke von Sabbaten und *Narcoticis* unmerklich unter die Schwelle meines Bewußtseins sinken.

Wieviel Unruhe und Schlaflosigkeit, wieviel Worte um eine untreue Kokotte!

Auch meinem Körper ist elender zu Mute, als vor einem Jahr, wenn er nach der verregnetsten Nachtübung hungrig und durchnäßt und mit wunden Füßen heimstolperte. –

Es ist Nachmittag, wir liegen auf unseren Betten und rauchen und ich lese einen Brief, in dem Claire mir von ihrer Treue erzählt; bis jemand meint, wir müßten beginnen Abschied vom Lager zu feiern. Wir sind es zufrieden und kleiden uns an.

Die Luft ist so weich. Die Lindenknospen hat der Mai schon lange zu flachen Herztellern auseinander gefaltet und die Wilden Kastanien zünden schon seit einigen Tagen ihre Kerzen an. In den schattigen Buchenwäldern, in welche im Osten die Heide übergeht, wächst Waldmeister – und nach einer Weile weicht der goldbraune Stiefel einem dickbauchigen Gefäß, aus dem der komprimierte Mai uns entgegen duftet.

Und während draußen in der Heide die Lerchen trillern und ihr Gesang wie ein ganz leises verlorenes Klingen uns umschwebt, beginne ich von Claire zu erzählen und schütte wie in einer knabenhaften Begeisterung mein Herz aus. Weswegen? Um mein Fliegenglück verstärkt zu genießen, indem ich versuchte, einen kleinen Neid zu erregen, und mich an meiner übertreibenden Schilderung nochmals freute?

Ein verdächtiges Zeichen! Der Renommist glaubt nicht an sein Glück, hat es noch nicht, deswegen phantasiert er von ihm. Ist nicht das meiste, was wir Glück nennen, nicht viel mehr als nur der ehrliche und gläubige Wunsch und die Bereitschaft zum Glück? Denn des echten Glückes sind wir so wenig gewohnt, daß ich wenigstens, vorausgesetzt daß ich es überhaupt könnte, mich hüten würde, von ihm zu erzählen; ich fürchte, schon die Mienen derer, die mir zuhörten, würden es beschmutzen, und dann flöge es mir davon.

Das Leiden dagegen ist das Gewohnte und man spricht nicht vom Alltäglichen, und das Mitleid, das wir erregen könnten, widert uns an. Denn reden wir doch von ihm, so tun wir es in einer spöttischen und zynischen Weise: wir wollen die Mitleidsfanatiker schon fern halten und wollen immer stärker gelten als wir sind. –

Was sagen Sie denn zu unserer Lyrik, die nichts ist als ein illustrierter Katalog unserer kleinen und kleinsten Leiden?

Der Dichter will weniger Mitleid erregen, als sich von seinem Leiden befreien. Schon durch einfache Mitteilung unseres »Kummers« gelingt uns das, mehr noch innerhalb der festen Regeln eines Gedichts, wo wir unser Leiden als ästhetisches oder moralisches Phänomen betrachten und uns als den Typus des Leidenden erkennen; und alles Erkennen ist im Grunde bejahend und erregt Lust. Und ich glaube, alle Dichtkunst derart als Heilungsprozeß auffassen zu dürfen. Denn subjektiv ist sie durch und durch, vom läppischsten Liebesgedicht bis zum objektivsten Roman.

Aber nun seht euch diese Helden an, diese Ichromane, die keine sein wollen, diese verschämten Selbstschilderungen mit Schönheitspflästerchen! Dieses verzwickte Steuern zwischen Wohlanständigkeit und pastoraler Pikanterie, dieses verzweifelte Lavieren zwischen Staatsbürgertreue und Fortschrittsdusel, dieses virtuosenhafte Vorgaukeln tiefster Probleme und meisterliche Verhüllen einer grandiosen Nichtssagenheit! Diese Skribler sind feige, sie haben nicht den Mut zu ihren Fehlern und Lastern und Oberflächlichkeiten und zeichnen uns Buch für Buch ihre drei kümmerlichen Tugendideale und als Paprika vielleicht noch ein Lasterchen dazu.

Schämen sie sich ihrer Schmutzigkeit und Nichtigkeit, ihrer Faulheit und unglaublichen intellektuellen Gewissenlosigkeit? Als ob sie schuld an ihnen wären! Sie sollen sie zeichnen so nackt und wahr sie können, denn dadurch überwinden sie sie vielleicht und wir – lernen durch sie. Das sollte das einzige Motiv sein, wenn sie schreiben um zu schreiben, wenn sie mit ihrer Feder hausieren gehen.

Und das Schauspiel?

Das soll nichts sein als eine psychologische Studie.

Und wo bleibt die Poesie?

Wo der Pfeffer wächst! Sie hat ihre Aufgabe als Rauschbeere und Wegweiserin zum Rausch erfüllt. Ich weiß jetzt, welch betäubender Genuß in dem In-sich-Aufnehmen fremdartiger Schönheiten liegt, aber ich weiß auch, daß dieses fortwährende In-sich-Aufnehmen eine Krankheit ist. Will man aber von diesem Gift nicht lassen, so tue man es auf eigene Gefahr und empfehle und verbreite dieses *Narcoticum* nicht weiter als die höchste Manifestation des menschlichen Geistes. Wir wissen nun, wie wir zu diesem süßen Rausch gelangen können, und damit wollen wir es genug sein lassen. Aber – wer noch von diesem Rauschzustand zu reden weiß, der ist noch nicht ganz berauscht. Will ich mich einmal in der »Natur« berauschen, dann will ich das schweigende Hochmoor *sehen,* und keiner soll mir von der Schönheit dieser Trunkenheit reden, ich am allerwenigsten, denn dann fliegt mir mein – Glück davon.

Ich begreife nicht, wie ein »Dichter« von der Pracht eines flammenden Sommertages, von der Schönheit seiner Geliebten und der Tiefe seines Glückes reden kann. Wer etwas glühend beschreibt, der hat es noch nicht, der ist noch nicht ganz trunken von ihm. Ich würde den Nebel, das gramgraue Elend und die Wintertage, die uns wie ein Katakombengewölbe einschließen, und nur dieses »besingen«, um – es zu überwinden. Mein ganzes Dichten dürfte nichts sein als ein Objektivieren und Zu-überwältigen-Suchen trüber Stimmungen – aber, will und muß ich mich einmal berauschen, dann bin ich im Sommer selber Sommer, dann gehe ich in der Schönheit meiner Geliebten und der Tiefe meines Glückes restlos auf, dann genieße ich ein rauschendes Meer und einen glühenden Sommertag bis in die feinsten Fasern, da bleibt gar kein Raum, sie durch Worte, die jeder Oberlehrer in den Mund nimmt, zu profanieren.

Wenn ihr wüßtet, wie ich mich betrinken kann!

Was sind mir dagegen eure Reime und Rhythmen und eure klimpernden Wortpoesien! –

Und wo sie sonst noch als Heilerin und Trösterin gespenstern mag, da empfehle ich an ihrer Statt die psychologische Selbstanalyse. Die läßt uns klar über uns werden, sie zeigt uns, wohin wir gehen, und läßt uns diesen Weg, wenn wir nicht einen anderen einschlagen wollen, schneller und konsequenter gehen. Und alles andere, was der Tag und die Straße Poesie nennt, alle Dichterei um der bloßen Form willen und der Zurschaustellung des eigenen Könnens, das ist Handwerkerware, das benebelt nur und schlägt die Langeweile tot, das berauscht ja nicht, denn es ist nicht aus dem Rausch geboren.

Dann ist auch die Liebe, wie Sie sie pflegen, ein Rausch. *Vaccinium uliginosum,* nicht wahr? Wächst in Mooren und auch an den finnischen Seen und die Finnen brauen sich einen Rauschetrank draus. Aber weswegen suchen Sie sich zu diesem Kult eine – Heerstraße, warum kein Hochmoor und Meer?

Sie dürfen sie gerne eine Heerstraße nennen. Jedenfalls suche ich auch hier wie im Moor und Meer das Eindeutige und Unverhüllte, unverschnörkelt, unverkümmert, unverkünstelt durch Bildung und nicht krank und unsittlich gemacht durch eine haarsträubende Moral.

Die Verdrehungen und Krankhaftigkeiten, die jene Moral verschuldet, blasen wir schon fort, und gerade dieses Fortblasen und Entkleiden ist vielleicht der prickelndste Reiz. Was heißt denn verdorben und rein? Das ist nichts als Folge des Temperaments und der Umgebung – da genügt eine rote Nacht, um aus dem besterzogenen Geheimratstöchterchen das süßeste Dirnchen zu machen. Und verdamme ich sie deswegen, so müßte ich mit ihr Alles verdammen, finde ich sie deswegen meiner nicht würdig, so dürfte ich nichts meiner würdig finden.

Und die Bildung? Ich habe noch keine Frau getroffen, vor deren Bildung ich nicht fortgelaufen wäre. Ich habe noch keine Frau gefunden, die metaphysische Probleme verstanden hätte, geschweige denn, daß sie ihr das Herz verbrannt hätten. Die Frau ist der typische fadeste Positivist und weiß es nicht und glaubt es nicht, sie ist in geistigen Dingen das Faseltier *par excellence,* sie verhimmelt Spinoza, schwärmt für Carlyle, liest mit prickelnder Wollust Nietzsche, schreibt über alle drei ein Essay und betitelt es Goethes Christentum und bricht darin eine Lanze für das einjährig-freiwillige Dienstjahr der Frau.

Das sind wieder Ihre bekannten Lagerhyperbeln.

Hyperbeln? Nur in Hyperbeln steckt Wahrheit. Daß wir übrigens mehr lügen als es nötig ist, und feiger sind als es erträglich ist, und nachsichtiger als es klug ist, werden Sie mir zugeben.

Das gebe ich zu. Aber wissen Sie, Ihre Verteidigung der Heerstraße sieht verteufelt nach Augenzudrücken und verzweifelter Selbsttäuschung aus.

Mit anderen Worten: ich bin ein Waschlappen! Aber das macht nichts, mein Lieber, das macht nichts. Übrigens gibt es auch eine Konsequenz der Waschlappigkeit, die abgesehen von ihrem Wert für mich ein souveräneres Hinwegsetzen über die Affenmeinung der Masse verlangt als die der heroischen Dickköpfigkeit!

Nun möchte ich aber die Wurzel Ihrer Paradoxien kennen lernen. Sagen Sie mir, hat das Leben für Sie überhaupt einen Wert?

Als ob das Leben etwas über sich aussagen oder gar sich selbst bewerten könnte! Dann müßte es doch seine eigene Wertung auch wieder bewerten. Den Wert unseres Lebens könnte nur der bestimmen, dessen Teile oder Tätigkeiten wir wären, der also den Zweck unseres Lebens kennte.

Und da wir eben diesen außer ihm liegenden Zweck des Lebens nicht wissen, müssen wir es aus seinen eigenen Äußerungen, d. h. aus seinen Tätigkeiten bewerten.

Der Wert eines einzelnen Lebens kann nicht nach seinen Tätigkeiten bestimmt werden; wir können nur die einzelnen Tätigkeiten eines Lebens in sich nach ihren Zwecken bewerten. Mit der Rangordnung der Zwecke kann ich dann eine Rangordnung der Tätigkeiten festsetzen – nicht der Existenzen, nicht eines Lebens überhaupt. Das Leben selbst kann sich nicht bewerten, ebensowenig wie ich den Wert eines anderen Lebens bestimmen kann. Ich kann höchstens von mir ausgehend durch Analogie die Tätigkeiten eines anderen Lebens nach ihren Zwecken einschätzen: wie wichtig ist dieser Zweck für das Leben des Andern und wie weit erreicht die darauf gerichtete Tätigkeit ihr Ziel? mehr kann ich nicht fragen.

Aber die Tätigkeiten eines einzelnen Lebens *insgesamt* müssen doch einen Wert haben, nach welchem ich es einschätze.

Einen Wert – für wen? Für das Leben selbst, oder für die Anderen?

Nicht für das Leben selbst und nicht für die Anderen, sondern in sich.

Damit kommen wir nicht weiter. Jedes Ding hat seinen Wert in sich, kein Ding hat in sich einen Wert. Zum Begriff Wert gehört die In-Beziehung-Setzung eines Dinges zu einem anderen. Wir müssen einen Maßstab haben.

Nehmen Sie den der Zahllosen: den Nutzen des Einzelnen für die Gesamtheit.

Es gibt nun aber keine organische Gesamtheit der Lebewesen, für die das Einzelne mit Bewußtsein und Absicht tätig wäre; jedes ist eine abgeschlossene Welt für sich und nur tätig für sich; die Gesamtheit ist sekundär, nicht viel mehr als ihre Zahl. Allerdings können die Äußerungen des einzelnen Lebens *mittelbar* für andere mehr oder weniger nützlich sein.

Darnach wäre es denn »nützlicher, einen Morgen Land mit Weizen zu bebauen, als eine Ilias zu dichten; denn ohne Poesie kann man leben, ohne Brot nicht«.

»Folglich ist ein Hufner mehr wert als Homer«, wollen Sie schließen. – Wir haben nichts anderes, von wo aus wir den Wert einer Tätigkeit bestimmen können, als ihren Zweck. Und da nun auch die Schwierigkeit, nach der vielleicht einer eine Handlung messen wollte, ein subjektiver und damit unbrauchbarer Maßstab ist, – betrachten wir Ihren Dichter. Für ihn ist die Tätigkeit, die auf die Beruhigung seines aufgewühlten Gemütslebens hingeht, – und diese Beruhigung erreicht er durch die Darstellung seines Leidens – wertvoller als die auf die Befriedigung leiblicher Notdürfte gerichtete. Ist sein Geist vom Übermaß eines Leides zerstört, so nützt ihm auch die reichste Kornkammer und der gefüllteste Geldbeutel nichts. Goethe wäre zu Grunde gegangen, hätte er nicht den Werther schreiben können. Und diese Tätigkeit war nützlich, weil sie ein sehr begründetes Bedürfnis befriedigte. Die Nützlichkeitswertung macht keineswegs die Menschen gleich. Jedes Leben wirkt für sich, und dort wo die stärksten Reaktionen vor sich gehen zur Wiederherstellung eines gestörten Gleichgewichts, fällt sorglos eine Menge Segen – und Unheil – ab für andere. Diese Wertung schafft keine Demokratie, aber auch keine Aristokratie, sie schafft überhaupt keine *Krateia*. Denn wenn jedes Leben sich auf seine Weise gegen die Außenwelt wehrt, und gerade sich so und nicht anders wehren muß, und nun eines so geworden ist, daß seine Abwehrhandlungen auch anderen zugute kommen können, so ist dessen Träger für mich noch kein *Aristos*, er ist komplizierter und feiner organisiert, er ist empfindlicher und – kranker als das Mittelmaß, weiter nichts. Aber er ist dadurch nicht weiser und klüger und willensstärker, oder gar wertvoller – er ist krank, und die Anderen sind gesünder. Das ist die letzte Scheidung.

Ich sehe, wo Sie hinaus steuern, aber ich folge Ihrer Bahn nicht, die am Ende in eine Negation sämtlicher Werte zugunsten der »gesunden«, triebhaft hinvegetierenden Masse ausläuft. Ich setze eine objektive Wertung und prinzipielle Scheidung fest und zwar die nach dem »Ausdruckswert der Leistung des Einzelnen!« – »Und Ausdruckswert ist nur vorhanden, wenn der Mann das, was in ihm steckt, aus sich heraus gestalten kann. Wer das nicht vermag, gehört – winzige Abstufungen zugegeben – zum Pöbel.«

Eine Leistung – für wen? frage ich. Sie wollen mich nicht glauben machen, daß irgend eine Leistung, eine Staatsgründung, eine Parkeinrichtung, eine Statue, ja das simpelste Liebesgedicht, um ihrer selbst willen geschaffen werde? Um seiner selbst willen werden, ist willkürliches Werden; alle Leistungen geschehen, weil sie notwendig so geschehen müssen. *Aber* ihre Notwendigkeit liegt nicht in ihnen selbst, sie geschehen nicht notwendig um ihrer selbst willen – hier fehlt mir der zureichende Grund! Sondern das Leben bringt sie notwendig hervor, *um* sich zu erhalten. Damit fällt die mystische Sonderstellung, die Sie ihnen geben. – Wissen Sie das: auf den Kasuarinen Madagaskars bäumt sich ein seltsames Wesen vor Ihnen auf. Armlang, kakhifarben, mit mattgelben Binden und palmgrünen Pusteln geziert – so sieht es aus, wenn es schläft. Gelber die Binden und breiter, die Kakhifarbe vertieft in ein dunkles Olivengrün und durchzogen mit hellen Netzen und gesprenkelt mit schwarzen Punkten – so sieht es aus, wenn es wacht. Und das dunkle Olivengrün verstärkt zum Schwarz, die palmgrünen Pusteln umgewandelt in leuchtendes Weiß und die Binden glühend im satten Dottergelb – so sieht es aus im Zorn. Aber eine ovale weiße phantastische Riesenscheibe mit senkrecht zum Kopf gestellten Hinterhauptslappen – wie die aufgerichteten Ohren eines zornigen Elefanten! – bebend und zitternd am ganzen Leibe, den Rachen weit aufgesperrt und fauchend und zischend – und nun hebt sich diese groteske Masse Lebens auf den Hinterbeinen hoch und streckt Ihnen, den Leib wie von Fieber geschüttelt, die Vorderbeine wie flehende Hände entgegen – das ist das *Chamaeleon melleri,* wenn die Liebe es toll macht, und es geht zu Grunde, wenn es nicht zur Begattung gelangt. Denn das Sperma ist ein dem Organismus fremdes Element, und es stellt doch konzentriert bis ins feinste die Eigenart seines Wirtes dar. Jede seiner Zellen drückt in die winzigen Chromosomen ihre Einzigartigkeit ab, und doch ist es dem Ganzen fremd und drängt mit heißer Notwendigkeit aus ihm heraus. Und wie die Begattung nicht erfolgt ihrer selbst wegen, nicht um der neuen Generation willen, nicht um die Persönlichkeit des Liebenden im Kind außer sich darzustellen, sondern nur um fremde quälende Elemente auszustoßen – so ist es mit dem Kunstwerk. Das ist die Notwendigkeit der Zeugung gereinigt von jeder mystischen Verdeckung und das ist die Notwendigkeit auch des künstlerischen Schaffens gereinigt von jeder mystischen Sonderstellung. – Als ob das Leben seine Rechtfertigung finde nur in der – objektiven – Hervorbringung einer Leistung! in dem unvollkommenen Abklatsch von sich selbst! Die Rechtfertigung des Lebens, wenn wir dieses hochmütigste Wort, das je geprägt worden ist, überhaupt in den Mund nehmen wollen, besteht in seiner harmonischen Befriedigung, und weiter nichts. Und die sehe ich darin, daß jedes Ereignis, jedes Glück und jedes Leid und jedes von außen herantretende Problem, restlos und harmonisch im Organismus sich einfügt, sich auflöst, ohne sich in ihm zu schwärenden Herden anzusammeln. Wie bei den produktiven Naturen, in denen sich eine Empfindungs- oder Gedankensumme ansammelt, bis sie zur unerträglichen Qual geworden als wesensfremde Masse ausgeschieden wird in der objektiven Darstellung. Der starke Mensch wird mit allem fertig, er verdaut alles, die schwächere, angekränkelte Natur ist dyspeptisch, sie wird mit nichts fertig und – produziert. Das ist die Leistung. Sie ist durchaus nicht der Extrakt des Lebens, sie sammelt durchaus nicht alles, was in einem Menschen eigene Kraft war, durchaus nicht alles, was ihn persönlich und einzig machte – sie scheidet heterogene Elemente aus und scheidet sie um so gründlicher aus, je klarer und eindringlicher sie darstellte, wie der Betreffende ein Leid oder Problem anfaßte. Das ist das eigenartige und persönliche eines Werkes, daß es völlig und erschöpfend die Durchtränkung, die ein Ereignis gedanklicher oder gemütlicher Art in seinem Schöpfer annahm, behält. Es gibt kein allgemeines Problem, jedes Problem nimmt in verschiedenen Geistern verschiedene Gestalt an, und ich scheide es, wenn es mir wesensfremd ist und in mir nicht aufgehen will, um so restloser aus mir aus, je reicher ich alle seine Beziehungen zu den anderen in mir vorhandenen Gedankenkomplexen darstellte, je tiefer ich seinen letzten Wurzeln folgte, die es versuchte in mein Seelenleben zu schlagen, je – persönlicher ich es gestalte, je mehr – Ausdruckswert ich ihm gebe. – Und die »Nichtskönner« sind entweder Leute mit gutem Magen, Leute die mit allem fertig werden, ohne daß es sich zu eiternden Massen anhäuft, oder Dickhäuter, Oberflächliche, denen jedes Leid und Problem nur die Haut der Seele zu ritzen vermag. Würde sich in diesen beiden ein solcher Fremdkörper bilden *können,* so würde sich das Leben schon gegen diesen wehren und – zum produktiven Künstler oder Philosophen oder Heroen werden. Kunst ist eben nicht um ihrer selbst willen da, ihr Zweck besteht nicht darin, »die letzte Tiefe und die ganze Fülle des Mannes kondensiert und sinnfällig – für wen? – darzustellen«, sondern sie ist ein pathologischer Prozeß, Krankheit und Medizin zugleich. Und wenn wir noch einmal unterscheiden wollen, so könnte man mich fragen: bist du pachyderm? das wünsche ich dir von Herzen! oder zählt man dich zu der Unzahl der Dyspeptiker? nun, es ist eben eine Unzahl! oder aber darf man dich eupeptisch nennen? man mag es tun, aber weißt du, ich traue dir und deinen Lobrednern in diesem Fall nicht recht – du siehst mich ungläubig an? nun, bist du denn von gestern oder übermorgen? lebst du nicht heute?

Das mag ja nach etwas *klingen,* und so weit ich Sie kenne, stellen Sie Ihre Sätze auch nur des Klingens wegen auf.

Und berausche mich an meinem eigenen Klang?

Das würde wenigstens nicht im Widerspruch stehen mit Ihrem Liebesrausch und Ihren anderen braunen Getränken; ich wüßte auch für diesen schon ein apartes Wort – – vorhinnen übrigens bezeichneten Sie die Poesie als Rauschbeere und Wegweiserin zum Rausch und wünschten sie dahin, wo der Pfeffer wächst. Und jetzt wird sie zur notwendigen Medizin!

Und ich glaube, mit Recht. Zum Teufel aber wünsche ich sie, weil wir in der Selbstanalyse eine schnellere Heilerin haben als in der anscheinend objektiven Darstellung des Leidens, wozu ich auch das Überwältigtwerden von Problemen, Ideen und heroischen Trieben rechne. Nur ist das Begleitgefühl dieser Prozedur anderer Art als das der objektiven Darstellung; ist dieses warm und berauschend, so ist jenes kalt und deprimierend; allerdings mag ihm auch ein kleiner Rausch der Erkenntnis beigemischt sein; denn ohne diesen süßen Nebel scheint es einmal bei uns nicht gehen zu können – ich möchte überhaupt wissen, wieviele Stunden wir im Leben völlig nüchtern sind.

Dann sollte aber auch die Kunst eine Rauschbeere sein, deren betäubenden Saft der Kranke, also Ihre produktive Natur, immer wieder zu sich nimmt. Er sollte doch froh sein, den Fremdkörper ausgeschieden zu haben: weswegen schafft er sich mit Absicht einen neuen an?

Ich möchte hier unterscheiden zwischen akuten und chronischen – Künstlern. Zu den akuten zähle ich Goethe; er erkrankte oft, fand sich aber immer wieder zu seinem kräftigen Gleichgewichtszustand zurück; zu den chronischen, die große Überzahl, das sind die typischen Dichter, die ganze romantische Bande von Calderon an über Shakespeare bis zu unseren heutigen Literaten, die fast durchweg krank sind. Aber das ist das Groteske dieser Sache, wäre ich Dichter, ich müßte mich ebenfalls zu jenen zählen; denn ich bin meiner selber satt und berausche mich gern. Und hier ist der Punkt: jener Heilungs- und Ausscheidungsprozeß ist mit einem ängstlich-süßen Rauschzustand verbunden,

den alle die, deren seelisches Gleichgewicht durch jenen ersten Krankheitsfall, oder schon von Geburt an zerstört ist, sich immer wieder zu verschaffen suchen. Sie wollen nicht mehr zur Besinnung und zu sich selber kommen, sie sind ihrer Zerrissenheit müde und nehmen nun fortwährend Fremdkörper, eben jene Probleme und Gefühle, in sich auf, durchtränken sie schmerzlich-wollüstig mit ihrem Blut und scheiden sie mit dem gleichen ängstlich-süßen Rauschgenuß wieder aus, nur um diesen zu genießen und wieder Raum für neue zu schaffen. Sie sind eben ihrer selbst müde, sie wollen nicht zu ihrer zerrissenen Nacktheit zurück, sie wollen nicht nüchtern sein und betrinken sich. Führen Sie von diesem Wort aus den Vergleich durch, so haben Sie auch meine Würdigung der ganzen Sippschaft, deren Mitglieder sich in ihrem Delirium für Hammernaturen und Schöpfer neuer Werte ausgeben, während sie im Grunde arme Narkotiker sind. Ich negiere in den Grund Ihre Wertung der Ausdrucksleistung, denn sie ist eine metaphysische Wertung! Ebenso wie jene unbekannten Kräfte und Gründe transzendente Gespenster sind! Metaphysische Ausdrucksgesetze! Transzendente Ausdrucksnotwendigkeiten! Ihre Wertung ist ein Postulat, und in ihm sehe ich – den Schatten des toten Gottes! Des Gottes, den ich mühsam in mir erwürgt habe, und dessen andere Schatten und Verwesungsdünste als Ding an sich, als Substanz und als die definitiven Wahrheiten mir noch immer den Horizont verdüstern. Ich will mir keinen neuen Gegner schaffen in dem transzendenten Wert der künstlerischen Leistung! Das ist der tiefe allerpersönlichste Grund, weswegen ich Ihre Deutung, die keine Deutung sondern eine kategorische Setzung ist, und Ihre Wertung, die keine Wertung sondern ein Postulat ist, ablehne. Ich will es Ihnen verraten, Sie schmuggeln mir in die Notwendigkeit der Leistung eine höhere Kausalität ein, und haben wir deren zwei, so haben wir eben keine! Wenn das gelten sollte, daß hier andere – notwendigere, höhere, tiefere, göttlichere – Gesetze walten, so wäre damit eine gottlose Wissenschaft unmöglich. Ich weiß wohl, leider weiß ich es zu wohl, wie kläglich es mit dieser Wissenschaft, insbesondere mit ihrem Hauptorgan dem Kausalitätsgesetz bestellt ist, aber sie hat doch das eine große Verdienst, daß sie die Erscheinungen insgesamt ordnet und eindeutig ohne Zuhilfenahme metaphysischen Spuks beschreibt. Stellen wir aber die Persönlichkeit außer dieser Reihe und geben ihr andere Gesetze und ihrer Leistung einen anderen Wert als den natürlichen aus dem kausalen Zweck bestimmbaren, so tappen wir wieder im dicksten metaphysischen Nebel. Bleibt mir mit euren Vergöttlichungen vom Leibe! Putzt mir eure Eintagswerke, die ihr schaffen müßt aus der gleichen Notwendigkeit, die die Drüse die Sekretion vollziehen heißt, nicht zu selbstherrlich funkelnden Sternen auf, die hoch und unberührt über dem trüben Strom des Kausalitätsgesetzes schimmern! – Übrigens möchte ich wissen, wie Sie die Frau werten wollen! Sie fahren hier einfach fest; denn die Wertung der Frau nach der erziehenden und in ihren Söhnen ihre Eigenart ausprägenden Mutter können Sie nicht durchführen, und so bleibt Ihnen nichts übrig als die Absurdität, das einzig wirklich fertige und erfreuliche, das Meisterstück der Schöpfung zum Pöbel zu rechnen, denn eine Frau, die ihre letzte Tiefe und ihre ganze Fülle außer sich in Begriffen darstellen wollte, wäre nichts als der Gegenstand eines unauslöschlichen Gelächters.

Es ist möglich, daß Ihrer Eigenart diese Auffassung angemessen ist, sollte sie aber auch allgemeine Berechtigung haben, so werden Sie mir doch den Wert einer ausgeprägten Kultur gegenüber der unfertigen Formlosigkeit und bloßen Civilisation zugeben. Und wer sind die Schöpfer der Kultur? Die sich in ihren Werken ausdrückenden Männer der Tat, Kunst und Philosophie. Darin muß ihr Wert liegen gegenüber den Massen, die ihre Prägung annehmen.

Wenn der Begriff der Kultur in der Durchdringung und Beseelung des Wissens und der Erzeugnisse der Civilisation mit einer bestimmten Weltanschauung, Sitte und Kunst – oder anders gesagt, in einer gewissen festen Gleichförmigkeit aller Lebensäußerungen und Erzeugnisse einer Zeitepoche und in einem sie alle durchdringenden eigenartigen Zug liegt, der mit einer Art souveräner Selbstherrlichkeit auftritt, so ist es allerdings gerade dieses Zuges wegen, dieses gewissermaßen Persönlichen einer ganzen Epoche, verlockend, eine bestimme Kultur als das Werk einer bestimmten, oder mehrerer gleichgesinnten Persönlichkeiten aufzufassen. Wäre dem so, dann stünde der überragende Wert dieser Männer und ihrer Leistungen fest, ganz gleichgültig, welcher selbstische Zweck diese Leistungen geboren hat. Aber dem ist eben nicht so. Jene »großen Männer« sind nicht die Schöpfer, sondern die glänzenden Vorläufer einer neuen Kultur. Sie nehmen die da und dort aus der verwesenden alten aufsprießenden jungen und darum frischesten und gehaltreichsten Keime der neu sich bildenden Epoche in sich auf und scheiden das ihnen so Wesensfremde in glänzender

Darstellung aus; während jene Erstlinge außer ihnen langsam und verborgen in und mit der großen Masse weiter wachsen und sie mit der Zeit durchdrungen haben, ehe sie es selbst gemerkt hat; bis jetzt sind alle größeren Kulturen unbewußt aus der Masse, aus dem Stamm der Nation hervor gewachsen und das bewußte und beschleunigte Aufbauen einer neuen Kultur ist darum immer ein sehr mißliches Unternehmen. – Glauben Sie wirklich, daß Jesus das Christentum geschaffen hat, daß das Christentum das Extrakt seines Lebens darstellte? Allerorten tauchten damals jene Ideen auf und die Zeit schuf jene nach ihrem ersten – Opfer genannte Weltanschauung und Lebenspraxis. Denn jene Ideen drangen in seine zu kleine Seele, die wurde nicht mit ihnen fertig und so richteten jene sie zu Grunde. Die Schöpfer der Kultur sind das Wissen und Empfinden – zuweilen einer kleinen abgesonderten Kaste – zumeist aber der großen Masse; aus ihnen, aus der erdgeborenen Masse, dem Erzeugnis von Temperatur und Barometerstand und der geologischen Eigenart ihres Landes, kristallisiert sich die Kultur heraus. Als ob der epileptische Phantast von den trockenen Hochebenen Arabiens der Schöpfer der sizilianischen Kultur unter dem großen Hohenstaufen gewesen wäre! Als ob in dieser Kultur nur ein Hauch von seiner finsteren Eigenart steckte! – Und stehen die Richtlinien einer neuen Kultur einmal fest und geht sie dann in ihnen ihren Lauf, glauben Sie, daß jene produktiven Naturen ihn vielleicht fördern und beschleunigen oder ihn gar in abzweigende Wege leiten könnten? Daß sie dann doch die Marksteine und Förderer und Beschleuniger ihres Siegeslaufes wäre? Sie stehen abseits und nehmen von ihm auf, soweit sie ihn sehen und soviel sie von ihm fassen können und traben dann schreiend wie die Gassenjungen neben ihm her: Seht! Seht! Sie kommt, sie kommt, unsere neue Kultur! In einsamen Nächten haben wir sie mit Hämmern geschmiedet, und unser Blut, unser blutiges Blut war es, das wir gehämmert haben! Seht! Seht! sie kommt! Aber

»Kennt er die Zeit, so kenn ich seine Laune.
Was soll der Krieg mit solchen Schellennarren!«

Und das will sagen: was der da vom ehernen Gang der Zeit mit seinem Sperlingskopf zu fassen vermag, das muß er wieder von sich geben unter seinem Narrenschellengeklimper. Das ist der Ausdruckswert, das ist die Leistung, das ist der produktive Mann, das ist der Poet – eine Narrenschelle! Und das hat Shakespeare gesagt, und der weiß, was er sagt, besonders wenn Brutus spricht. – Aber Sie sollen mich nicht ganz zu Ihrem Pöbel zählen, ich bin auch zuweilen so eitel und angenehm einseitig, eine prinzipielle Schranke aufzurichten. Soll ich sie Ihnen verraten? – Zum Pöbel gehört für mich der, der sich nicht selbst Gegenstand werden kann, der nicht zu trennen weiß zwischen seinen Wünschen und Begierden und der Idee von sich; der sich nicht jeden Tag einmal bewußt wird des ungeheuren Rätsels, in dem er wie der Nebeltropfen im Raum hängt. Alles Unbewußte und Triebhafte ist pöbelhaft – nun wächst schon der Pöbel wie Sand am Meer und eine große Zahl Ihrer Produktiven rollt mit in den trägen Dünen. Und jetzt halte ich nur noch die des Ehrentitels der Freien und Vornehmen würdig, die das Herz voll Staunens und Fragens, doch sorglos und heiter über das große Rätsel dahin wandern, wie über jungem elastischem Eis, unter dem das Grauen, das Dunkel und der Tod lauert. Aber auch sie taumeln zuweilen zu den Milliarden Sandkörnern am Strand, dann wenn ihr Herz übervoll des Wunderns und Leidens und Fragens geworden ist und sie – produktiv werden; denn allem Schaffen hängt Triebhaftes und Unbewußtes an und ein pöbelhaftes Verallgemeinern und Hinwegsehen über Vieles. Aber dann eilen sie wieder zurück und gleiten sorglos über der elastischen, leise klingenden Decke, leicht und frisch wie der junge Morgen, der aus dem purpurnen Osten steigt. – Aber das ist ja alles dummes Zeug. Wißt ihr, was Claire mir gestern geschrieben hat?

Sagen Sie, ist das Ihre Überzeugung?

Meine Überzeugung? Wenn ich eine Überzeugung hätte, dann würde ich einmal sie hier nicht auf der Straße vortragen und zum andern – würde ich Ihnen nichts von dem kleinen Herzen einer Claire erzählen können.

Dann weiß ich aber, weswegen Sie meine Wertung bekämpft haben; soll ich Ihnen den Grund sagen? Er war wohl persönlicher als jener allerpersönlichste! Oder sollten Sie auch den schon wissen?

Lassen wir das, mein Lieber; ich kenne ihn sehr gut. Aber jetzt hört einmal zu. – –

Es lief gerade die Sonne hinten in die Heide, aber ich schrieb heute keinen Brief, sondern las aus ihrem Brief und erzählte weiter von ihr und ihrem kleinen Herzen. Von irgendwo her kam schon Fliederduft, der machte uns mehr trunken, als es sieben Bowlen vermocht hätten. Drei lange Wochen waren wir hier, der Mai lag uns im Blut und der Flieder duftete – was werden wir an dem Abend noch für närrisches Zeug geredet haben! –

Wenn der wilde Denker einen Baum seine Blätter bewegen läßt, so hat er ihm eine Seele eingelegt, oder er hat eine Introjektion vollzogen. Eine spätere Zeit hat dieser Seele, die zuvor nichts war als ein feinerer Baum, die Gestalt der trauernden Dryas gegeben: sollte ich der Heide, die wir drei Wochen lang bei glühender Sonne und in dunklen Nächten durchstreift haben, eine Seele introjizieren müssen und der dann eine Gestalt geben, so soll es die der Lerche sein. Eine kleine sorglos und verliebt in den Himmel hinauftirillierende, dann atemlos schweigende und des Nachts sich müde und verträumt auf die Erde duckende Lerche.

Was sang das Lied, das sie in das ewige Blau tirillierte? Welcher atemlose Gedanke durchzitterte ihr Schweigen? Welcher heimliche Traum geisterte durch die Nacht? – Ein kleines Wort, sechs Buchstaben nur – ich glücklicher Narr!

Wieder stampfte und dröhnte unser Zug und ließ seine weiße Fahne über die Hügel und Wälder rollen – aber zu ihr! zu ihr! ratterten die Räder. Zu dreißig saßen wir in einem Güterwagen, frisch fegte die Luft durch die offenen Türen, voll schien die Sonne herein, und er stampfte und stieß und dröhnte und schaukelte und rollte, er ächzte und stöhnte in seinen Fugen, aber – fahr zu! fahr zu! sie wartet! sie steht ja schon lange da! Herrgott, ist das eine süße Geschichte!

Des Nachmittags langten wir endlich an und zogen gebückt unter der Last des Tornisters und steif von der langen Fahrt im hallenden Gleichschritt durch die Straßen; aber ich ging an ihr vorbei und sah sie nicht. In Aufregung und hastigem Suchen sah ich über sie hin, die mich mit der Hand hätte berühren können. Ein Sonnabend war es, ein solcher wie er sich für den Pfingstsonnabend gehört, unter schattigen Bäumen marschierten wir, sahen Blumen und lachende Mädchengesichter und der Urlaub winkte – aber weswegen wartete sie nicht auf mich? weswegen hält sie nicht ihr Wort?

Die Schenken und Quartierwirte haben in unserer Straße geflaggt, Wirte und Kellner und Dienstmädchen stehen vor den Türen, unter den dichtbelaubten Ulmen geht es sich wie unter einer Laube und wie zwei Mauern umsäumt uns der liebe Pöbel; mißfarbig und grau hat er ausgesehen als wir fortzogen, jetzt leuchtet und lacht er mit seinen hellen Hütchen und Fähnchen und die Musik tobt und schreit – aber weswegen war Claire nicht da? Nachdenklich suchte ich meine Wohnung auf.

Wo früher am Nachmittag die pralle Sonne gelegen hatte, empfängt mich jetzt ein grünes Dämmern, seltsam traut und anheimelnd sind meine Zimmer und mein Wirtstöchterlein hat Fliedersträuße aufgestellt. – Aber weswegen wartete sie nicht auf mich? weswegen hält sie nicht ihr Wort?

Auf dem Tisch liegt ein in Seidenpapier eingeschlagenes Bukett und aus den Maiglöckchen fällt mir ein Kuvert entgegen, das ich aufreiße und lese –

Herzlich willkommen! ruft dir deine Claire zu.

Da fällt alles, was mich mit der Welt verbindet und sie mir unerträglich macht, von mir ab: ihre Herzlosigkeit und eisige Gleichgültigkeit, ihr unüberwindliches Mißverstehen und ihre viehische Lust an der Anderen Leid und hilflosen Ratlosigkeit, ihre unbedingte Vielheit und nie zu heilende Zerrissenheit, ihre nicht auszudrückende Nichtigkeit und nicht zu beschreibende Sinnlosigkeit, all ihre Fragwürdigkeit, all ihre Rätselhaftigkeit, all ihre Qual sinkt ins Wesenlose, ein warmer roter Schauer strudelt in mir und ich fühle, als wäre ich neu geboren, meine makellose Reinheit und dann ist es, als drückte der Konvallarienduft mich weich und süß in einen Sessel und raunte mir zu: das ist das Glück.

Ich weiß nicht, wie lange ich so gesessen habe. –

Dann habe ich ein Bad genommen und bin lange bei meinem Friseur geblieben und dann – wir haben nicht die Zeit verabredet noch Ort, fliegen wir auf einander zu. –

Da haben sie einen Klub gegründet, sie nennen sich die Positivisten. Die haben auf ihre Fahnen geschrieben und haben viel Lärm dazu gemacht: die Welt ist unsere, d. h. des gewöhnlichen Mannes Wirklichkeit, die uns nichts Anderes zeigt als Beziehungen der Dinge zu einander, und diese Dinge sind Eigenschaften, die sich gegenseitig tragen ohne einer stützenden materiellen Substanz zu bedürfen.

Das ist wie ein Meer, ohne Ufer und ohne Grund; wer mag in ihm schwimmen!

Und sie zerblasen dir die Substanz und das Ding und die ganze Metaphysik und lassen sich nicht widerlegen, wenn du an die Logik glaubst – das ist wie das Meer! das ist wie ein Blatt im Orkan!

Da habe ich einen Riß durch mein Leben getan und bin gläubig geworden und glaube an die Substanz und lache über meinen Glauben, und glaube an die Welt als Vorstellung, trotzdem ich weiß, daß das Ding an sich Chimäre ist, und glaube an die Materie als an die Schöpfung meiner Sinne und des Dinges an sich, trotzdem ich weiß, daß es dreimal bewußte Lüge ist. Aber ich muß die Lüge glauben, muß eine Insel im Meer haben, will ich nicht der ratlose Schwimmer und das Blatt im Orkan sein.

Denn – obwohl ich skeptisch bin wie es sich gehört, bin ich doch zu schwach, die Konsequenz meiner Skepsis zu ziehen; und seh ich sie gezogen, so flüchte ich wieder in die Schatten Gottes, die ich vorher bekämpfte, zurück und – sehne mich wieder aus ihnen heraus.

Ich glaube an die Substanz, mag ich sie kraftbegabten Stoff, Energie oder Geist und ihre Einheiten Atome, Dynamiden oder Monaden nennen: in jener unendlichen Nacht, in jenem schweigenden Ozean pendelnder Atome ballt sich eine Anzahl Einzelheiten zu einem Komplex zusammen. Die Wellen, die dieser ewig in sich zitternde und pendelnde aussendet und empfängt, dieses Wellenbad, in dem er stetig schwimmt, das ist seine Welt. Da kommt von irgendwo auf jenem Ozean ein anderes Gekräusel und die beiden Wellensysteme, diese zwei zitternden und schlagenden Etwas um einen kompakteren Kern, berühren sich, durchkreuzen und verfangen sich – zwei Welten, so bunt und märchenhaft, nähern sich und gehen in einander über und flammen zu einer lodernden Fackel hoch und leuchten und glänzen, um schnell wieder in die ewige Nacht zurück zu fallen.

Und wir spielen mit diesem Außerordentlichen, wir werden uns dieses flammenden Wunders nicht einmal bewußt, wir Kinder und blinde Augenblicksnarren nennen es Liebe und lüsteln und spielen damit. –

In dieser Stunde haben wir nicht viel reden können. Claire hing schwer in meinem Arm, ihr Gesicht war bleich und sie schwankte und kam mir vor, als habe ihr Körper Halt und Kraft verloren. Ich hatte Mitleid mit ihr und mir. Und von dem Abend weiß ich nichts mehr, als daß sie mir erzählte, sie habe sich sagen lassen, in welcher Himmelsrichtung unser Übungsplatz läge, und sei dann des Nachmittags, wenn die Sonne schon hinter die Linden ging, täglich weit nach Westen hinaus gewandert.

Oh, ich war nicht bei Sinnen, ich wollte zu dir!

Gern aber möchte ich wissen, was wir an diesem Abend gedacht haben ohne daß es uns zum Bewußtsein kam, wir Kinder und Narren, wir Fackel in der Nacht. Oder schlief auch unser Denken an dem Tag und wir waren nichts als eine rote Flamme Glück?

Denkst du an diesen Tag? Leuchtet er nicht wie ein schönes Licht durch dein armes zerfahrenes Leben, du schöne gischtende Welle, du Leben ohne Seele, du Sehnsucht nach einer Seele?

Ich denke an ihn, und in der Flamme, die da in der Nacht tanzt und zuweilen so märchenschöne Welten in sich baut, glüht nur noch der Gedanke an die, die einmal ihre Welt mit der ihren mischte. Dann flackert sie nicht mehr, dann brennt sie ruhig und stet, denn sie hat ein Ziel.

Und wie dieses Ziel zu mir kam und der Wille zu diesem Ziel? – Gestern war es, als ich in den Nebel sah, der wieder da draußen hängt – o ich weiß, weswegen er da hängt, dieser Bauch der Schwermut, dieser lauernde Sarg – da hörte ich, wie die Stille, die um mich war, eine absolute Grabesstille, immer näher und drohender gegen mich rückte, so daß ich kleiner und kleiner wurde und es mir war, als schrumpfte ich zu einer braunen Fratze zusammen, die aus weiten entsetzten Augen ins Leere stierte – und da flüsterte die Grabesstille mir zu:

Siehe, so wirst du nun immer und ewig *wieder* hier sitzen und in den Nebel sehen, du wirst immer wieder in deinen Erinnerungen graben und immer wieder an deine Schläfen fassen – o setz dir ein Ziel! Es gilt die Ewigkeit!

Ich sehe mein Ziel.

Und *das* für alle Ewigkeit?

Ja, das für alle Ewigkeit. –

Siehe, unter Nebelwolken, unter dem Bauch der Schwermut und unter dem lauernden Sarg kam mir mein Mittag. –

Flieder- und Maiblumenduft liegt in meinem Zimmer, es geht gegen Morgen und das Licht ist unnötig geworden. Zwischen Schlaf und Wachen liegst du mir im Arm, du küßt mich wohl und beginnst zu plaudern, dann lächelst du und schmiegst dich wie eine schnurrende Katze an mich. Da hebst du dein Gesichtchen mit dem wirren Haar:

Du! Was ist das?

Das sind die Ulmen, sie sind grün geworden und nun rauschen ihre Blätter im Wind.

Da schlingst du wieder einen Arm um mich und legst dein Raubtiergesichtchen an meine Brust.

Dann habe ich dich heim gebracht, durch den Duft und Gesang des Pfingstmorgens brachte ich dich heim. Weißt du, wie wir am frühen Morgen durch den Jahrmarkt strolchten, der da am Strand aufgebaut war? – Als ich zurück gekommen war, lehnte ich mich ins Fenster und sah dem Blühen da draußen zu und lauschte den Amseln, die unaufhörlich von ihrer kleinen Liebe in den Morgen schrien. Auf der Straße gingen Leute meiner Kompagnie vorüber, sie fuhren auf Urlaub und winkten zu mir herauf, ein wenig bedauernd, ein wenig schadenfroh, denn mir waren wegen wiederholter Dienstversäumnis zwei Tage vom Urlaub gestrichen worden. Ich lächelte ihnen nach und hörte weiter den Amseln zu und konnte an diesem Morgen des Wunderns und Staunens nicht satt werden über meine farbige klingende Welt. Mir war wie dem Schwimmer, der ein bergendes Gestade gefunden hat und zwischen Blumen und Gräsern liegend in das Branden und wilde Wogen schaut.

Es ist Abend und wir sitzen in einem Garten am Strand. Die Wellen plätschern dicht an unseren Fuß und die Boote kehren zurück. Müde rollen die Segel herab, träge schaukelt der Kahn, aber die Augen der Heimkehrenden leuchten nach See und Unendlichkeit. Es ist kühl geworden und die letzten Gäste gehen. Da setze ich mich neben dich und fasse deine Hände und du lehnst dich an mich, müde und schwer. Wir blicken in den Abend hinaus, in den goldbraunen Himmel und die schimmernden Wasser, über die wie große traurige Schwäne die letzten Segel gleiten; von ferne, von irgendwo ferne über den Wassern kommt ein weicher Gesang und da beginnen wir von unserer Liebe zu reden. Die erste Freude, die uns lähmte und sprachlos machte, ist vorüber und jetzt können wir die Fülle unseres Glückes nicht mit Händen fassen und möchten weinen vor Seligkeit. Kühler wird es und dunkler wölbt sich der Himmel über den dunkleren Wassern.

Du weißt nicht, was es heißt, wenn unser Gott das Nichts wird und dann in unser Leben die Liebe fällt. Wenn die Worte alle zerfallen und die Grenzen alle verschoben sind und es uns im Haltlosen umhertreibt und wir nicht wissen wohin? wozu? Wenn Alles Lüge wird und

Sinnlosigkeit und Fragwürdigkeit und Nichtigkeit und Alles weniger als Staub – nur du! nur du! Du weißt nicht, was es heißt, den Grund unter sich verlieren, über dem Bodenlosen hängen, wo das schwarze Nachtgevögel der Zweifel und Rätsel um uns huscht, kein Grund, kein Ziel – nur du! nur du! Du weißt nicht, was es heißt, vor sich selber fliehen müssen, du weißt nicht, was Zerrissensein heißt, nicht glauben können und doch mit hungerndem Herzen glauben müssen an ein Festes in diesem wüsten Meer, das Urälteste und Gewisseste, das was stand wie Granit, herab gerissen und an seiner Stelle ein grinsendes Rätsel, ein schauerliches Nichts sehn müssen – nur du! nur du!

Da schwindet wie durch Zauber das Grauen und entsetzliche Verlassensein, die Fragwürdigkeit und das ewige Rätsel sinkt, der Abgrund, das gähnend Bodenlose, das schwarze Nachtgevögel ist nicht mehr, die Flucht hat ihr Ende erreicht und ich bin geborgen, ich habe Grund und Ziel und suche nicht mehr. Ich bin nicht mehr ich, ich bin vielleicht du? oder ein seliges Nichts? ich bin verloren in schluchzender Glückseligkeit, ich bin ein Hauch, der dich umspielt, der nichts weiß als dich zu umspielen und ewig zu umgaukeln. O du! O du!

Du weintest leise an meiner Brust, am Himmel begannen die Sterne zu funkeln und zu unseren Füßen plätscherte und schmeichelte das Meer mit seinem schwarzen Wellengezottel. – –

Aber am nächsten Morgen – zweifelte ich plötzlich an meinem Glück, ich zweifelte plötzlich an meinem Rauschtrank. Ich hielt es mit einem Male für Genuß und dessen höchste Stufe für erreicht, so daß ich mich jetzt von ihr trennen müßte, um die Schönheit der Erinnerung zu bewahren. Denn wenn sie auch ein Weib war, das sich herzlich geliebt glaubte und das der Neid der anderen zu immer neuer Liebe trieb, dauern konnte ihre Liebe doch nur, wenn ich täglich einen neuen Fels, einen kleinen neuen Eigenwillen und Stolz, eine trotzige Gleichgültigkeit und Untreue aus mir wachsen ließ, die sie mit ihrer Liebe bestürmen und in sich begraben könnte. Aber ich war schwach und müde und weich, ich wollte den stillen Ruheort, ich war einmal von der Welle niedergerissen und wollte nun weiter in ihrem weichen Schoß ruhen.

War das Rausch, war das Genuß? Ich glaubte mir nicht und traute mir nicht und wollte ein Ende machen. Und zudem war es mir, als sei trotz unserer Zärtlichkeit etwas Unwahres an unserer Liebe, als stehe sie auf einem falschen und morschen Grund.

Aber am Abend, da ich in einem obskuren Tanzlokal Patrouille stand, kam sie plötzlich und setzte sich still in eine Ecke und half mir bis Mitternacht über die drei Stunden in solchem Lokal und unter solchem Pöbel hinweg.

Mein Mißtrauen raunte mir zu:

Weswegen kommt sie? Hat sie Furcht vor sich, sie könnte mir untreu werden und mich dadurch verlieren?

Weswegen fürchtet sie es? Des angenehmen Neides der anderen wegen, den sie damit einbüßen würde? Weswegen liebt sie denn sonst gerade mich?

Aber ich mochte meinem Mißtrauen nicht trauen, und war doch plötzlich schwankend, und als ich dies merkte, befangen und ratlos geworden.

Weil ich aus irgend einem Grunde mich von ihr trennen wollte und doch meine Unfähigkeit dazu fühlte? Und nun einen Trennungsgrund suchte?

Am Ende aber kam aus meiner Ratlosigkeit, meinem Mißtrauen und meinem Ärger über dieses Mißtrauen, meinem Entschluß, mich von ihr zu trennen, und dem Gefühl, ihn doch nicht ausführen zu können, und meiner Dankbarkeit, daß sie ungebeten mir hier Gesellschaft leistete, ein merkwürdiges, aufregendes Stimmungsgemisch hervor, das sich nach außen in einer närrischen lauten Verliebtheit zeigte.

Den Anlauf aber zu einem Versuche, mich von ihr los zu lösen, habe ich doch getan. Mich von ihr los zu lösen, aber nicht durch eine einfache Trennung, sondern durch eine Überwindung. Welcher Art jedoch diese Überwindung werden sollte?

Als wir kurz nach Mitternacht jenes Tanzlokal verlassen hatten und zur Kaserne gingen, um uns auf der Wache abzumelden, ging Claire auf dem Bürgersteig nebenher; sie wartete vor meiner Wohnung, bis ich mich in Ruhe umgekleidet hatte, und darauf machten wir einen Rundgang durch die Restaurants und Cafés der Stadt, und kamen erst nach einigen Stunden heim.

Und in dieser Nacht war es das erste Mal, daß ich ihre übergroße Zärtlichkeit beobachtete; daß sie mir, wie ich sie beobachtete, peinlich wurde und ich mich ihr zu entziehen suchte. Es war nicht ein körperliches oder ästhetisches Mißbehagen, das mich dazu trieb, sondern der schlichte Gedanke: du bist nicht wert, ganz das Sinnen und Denken eines Menschen auszumachen.

Aber da sah sie mich mit einem seltsam halb fragenden, halb drohenden Blick an und fiel, als ich mit Absicht eine kalte und abweisende Miene aufsetzte, mit einer mänadischen Wildheit über mich. Ich aber lag gelassen da und ward – traurig ob ihres leidenschaftlichen Tobens und zärtlichen Rasens. Dann nahm ich sie in meinen Arm und sie legte ihren Kopf wieder in meine Schulter und begann mit offenen Augen zu träumen, während ich in einer wundersamen Melancholie ins Licht starrte, die sich rasch verstärkte zu dem Gefühl eines namenlosen unermeßlichen Leidens, das mir Tränen in die Augen trieb.

Draußen raschelte und rauschte der Wind in den Ulmen, ein einzelner Stern flackerte unruhig durch das Laub und ein verspäteter Zecher taumelte und sang durch die Nacht – wie traurig klang mir das einsame Gegröhle dieses Trunkenen! Da schwand der Stern, der Pfingstwind atmete leise und leiser und der Zecher hatte sich irgendwo hin verloren – – das Fenster klinkt! Etwas Schattiges steigt vor ihm hoch, etwas Faltiges, Nächtiges – es steigt und steigt, es klinkt gemächlich das Fenster auf, es schiebt bedächtig die Flügel auseinander – jetzt steigt es vom Fenster herab, stützt sich auf den Stuhl und – sieht mich an! Da reiße ich dich schreiend an mich und berge meinen Kopf an deiner Brust. – –

Die Einsamkeit hatte mich angesehn.

Als ich wieder aufblickte, brannte die Lampe fahl und gelb, aber die Ulmen raschelten und rauschten wieder und ein gelbgrauer Morgenhimmel schimmerte durch das Laub. Da faßte ich mit beiden Händen in dein Haar:

Nun lösche das Licht! Deine Haut sieht im Dämmern am weißesten aus, nun lösche das Licht und hab mich lieb! –

Nein, wie ich nicht zur Erkenntnis tauge, tauge ich auch nicht zur Liebe und zum Genuß. Es ist weder Liebe, noch Genuß, es ist Flucht und Vergessen-Wollen.

Wäre es Liebe, so hätte ich die Kraft gehabt, sie durch eine Art Selbstüberwindung zu vertiefen, dadurch daß ich mich von der Geliebten trennte. Denn Liebe, wie ich sie will, wird beschmutzt durch den Genuß und sucht das Geliebte auf einem himmelstürmenden Gedanken-Staffelbau unerreichbar hoch zu heben. Und gerade der Blick auf die blendende Höhe und die unendliche Entfernung, die ich selbst zu ihr gebaut habe, das ist das, was für mich der Rausch der Liebe sein könnte.

Wäre es Genuß, wäre ich ein Lebenskünstler, ein Genießer wie er sich gehört, dann hätte ich jetzt eine Trennung herbei geführt, ich hätte meinen Schmerz und um des Schmerzes willen acht Tage lang brennen lassen, um ihn dann in den Armen einer Anderen zu vergessen. –

Als sie mich um elf Uhr des Morgens verließ, verabredeten wir, daß sie mich nach dem Essen wieder treffen sollte. Ich mußte bei ihr sein, ich mußte ihre blauen Augen mich streicheln fühlen, ich mußte mich weiter von ihr lieben lassen.

Aber worin bestand mein Rausch? Ich finde nichts anderes, als in dem Bewußtsein von ihr geliebt zu werden und der Ruhe in Geist und Gemüt, die damit über mich kam.

Hätte ich sie geliebt und meine Liebe bis zur Selbstüberwindung der Liebe gesteigert, so wäre das auch ein Rausch gewesen, aber aktiver Art. Wie der Gläubige sich berauscht an seinem Gott, der nichts ist als sein in immer weitere Ferne projiziertes Ich. Aber ich bin passiver und nicht aktiver Natur, ich bin ein Höhlengrübeltier eigener Art; ich flüchte in die Höhle, nicht um mich meinem Grübeln und meinen Meditationen ungestört hingeben zu können, sondern um in ihrem Dämmerlicht das Gefühl zu genießen, von ihnen befreit zu sein, und mich kindlich freuen zu können: nun bin ich dem bösen Tag da draußen endlich entflohn! Nun lockt er mich nicht mehr mit seinen schillernden Rätseln und funkelnden Fragen, der gleißende Versucher, der lockende Verderber, der böse leuchtende Tag!

Sie und ihre Liebe, das sind für mich Weihrauch und Klosterzelle und einlullende Litanein. Ich bin ein moderner Anachoret, und meine Zelle und mein Gott ist der Leib und die Liebe eines Dirnchens. Seltsame Sätze, aber wegen ihrer Seltsamkeit wahr, wenigstens für mich – nun, das versteht sich von selbst, du Narr. –

Auch in der Nacht, die diesem Nachmittag folgte, schliefen wir zueins. Aber es lag eine eigentümliche Trauer und Scham über unserer Lust, und als sie mich des Mittags verließ, meinte sie:

Du bist so seltsam zu mir. Du hast mich nicht lieb. –

Zwei Tage darauf betrog sie mich, ich aber reiste zu Verwandten und schrieb ihr von da aus einen Bettelbrief. –

Wenn der Nebel noch länger so vor meinem Fenster hängt, schieße ich mir eine Kugel durch den Kopf. Alles was mich von Claire ablenken könnte, habe ich fort getan. Ich fasse kein Buch an, ich halte meine Gedanken im Zaum, nur in jenem Sommer dürfen sie mir grasen; ich richte meine Spaziergänge ein, daß ich den Menschen nicht begegne, ich spreche in diesen acht Wochen kein Wort, ich bin in diesen acht Wochen stumm, in Heiden und Moore nur gehe ich und auch nur auf Schleichwegen in einen dichten Fichtenbestand, durch den ein Moorbach fließt, den ich liebe, weil er mir mein tägliches Bad gibt. Ich grabe mich wie eine Wühlmaus in meine Erinnerung ein, denn in ihrer Liebe und der Art, wie ich sie verlor, muß auch der Weg vorgezeichnet sein, wie ich sie wiedergewinne. Aber der Nebel soll fort! Das ist, als rückten seine Wände näher auf mich von Tag zu Tag, das ist, als sarge es mich schon bei Lebzeiten ein, das ist, als hörte ich schon die Hammerschläge! Ohne Form und Bild, ohne Grenzen und Ruhepunkte liegen sie um mich, diese Nebel-Leichentücher. Darin mag es einem weisen Winkel-Grübelwesen behagen, dessen Rausch ein abstrakter Begriff und eine blutlose Formel ist, aber das ist Gift für mich, der ich darnach dürste, den wildesten wütendsten urwüchsigsten Trieb, den Sturm, der die Wellen formt und vorwärts peitscht, wieder auf mich zu lenken, damit ich – in ihm Ruhe finde. O wenn dieser Nebel nicht bald vor meinem Fenster schwindet, jage ich mir eine Kugel durch den Kopf.

Ein wolkenloser Sonnentag lag schläfrig über dem uckermärkischen Landstädtchen, das mich für einige Tage beherbergte. Ich hatte mich soeben in Helm und Mantel bei dem Reiterregiment angemeldet, das dort liegt, hatte mir das Schloß angesehen, das inmitten seiner altertümlichen Gartenanlagen eingeschlafen ist und von selbstherrlichen Markgrafenvergangenheiten träumt, war in den schattigen Laubengängen des hundertjährigen Gartens umher gewandelt und saß nun träumend und still wie das Schloß und sein hundertjähriger Garten auf einer Bank. Vor mir floß breit und vom Schilf umsäumt die Oder, so ruhig und träg, daß man im Zweifel sein konnte, wohin sie floß. Am Horizont aber räkelten sich weiche Höhen und blinzelten verschlafen und sonnenmüde aus weißen Sandflecken herüber und stachen mit ihren Kirchturmspitzen wie mit kleinen neugierigen Fingern in die Luft und rings im stillen Garten schmetterten die Finken – ich aber hatte nichts zu tun als geruhsam meine Zigarette zu rauchen und mich auf ein gutes Mittagessen zu freuen.

Und nach dem Essen wird zur besseren Verdauung geschlafen und nach dem Schlafen wird der Kaffee getrunken, und nach dem Kaffee wird Konversation seichte seichte gemacht und darnach – gehen wir zu Geheimrats, wo ich ein junges hübsches Mädchen kennen lernen werde. Aber da darfst du nicht wieder von solchen philosophischen Sachen reden – hast du nicht gestern gesehn, wie der Oberlehrer ironisch lächelte, der arbeitet nämlich in Philosophie und macht vielleicht sogar seinen Doktor darin! Und morgen früh gehst du dann mit Vetter in den Park – in die Kirche gehst du Schlingel ja nicht – und da bestimmt ihr Vögel; es gibt so viele Vögel in dem alten königlichen Park. Und mittags gibt es denn – –

Ach ja. Das ist aber auch ein Rausch, nur ist er behördlich und kirchlich empfohlen, erlaubt und kultiviert! Und die Oder fließt so ruhig und träg, man weiß wahrhaftig nicht, wohin sie fließt.

Aber ich passe nicht in eure Welt und mir widersteht euer Rauschaufguß. Ich sah mit zu hellen Augen ins Leere und Haltlose, ich brauche einen schärferen Trank, einen der etwas nach – Hautgout und Laster? riecht.

Ist das ein neuer Faden in meinem Tintenstrichgewirr? Untreu ward sie mir schon und ein Dirnchen ist sie immer gewesen, aber deswegen brauchte *ich* unsere Liebe, vielmehr mein notwendiges Behagen an ihrer Liebe, nicht Laster nennen. Ich tat soeben nur, nachdem ich alle Kultur und herkömmliche Sittlichkeit von ihr abgestreift und das triebhaft-unschuldige Tier habe so wie ich es brauche, als Würze zu meinem Trank einen Tropfen Lasterbegriff, eine kleine abschreckende Dosis Lasterchen hinzu. Um den meinen ganz von dem euren zu trennen? Um ihm das Air des Verbotenen und Absonderlichen und – Krankhaften zu geben? Und tat ich das – aus Schamgefühl?

Dann müßte ich ihr den Seitensprung schon verzeihen und, wollte ich konsequent sein, sogar mich über ihn freuen.

Schweigen nicht die Vögel in dem stillen Garten? Sie sollten mich auslachen, daß ich mich durch die alten Jahrhunderte, die hier noch zwischen den Bäumen hängen geblieben sind, habe düpieren lassen und mich meines Rausches und meiner Welle habe schämen wollen.

Nun nun, ich verzeihe dir schon, denn eben war ich feige. Aber wer wird nicht feige, wo so ehrwürdige Gespenster über einem in den Bäumen hängen!

Als ich den Brief geschrieben hatte, einen Brief, von dem mir ein Bekannter sagte, ich hätte mich in ihm prostituiert, blieb ich noch einige Tage in diesem Städtchen und saß jeden Vormittag in dem stillen Garten, an dem die Oder vorbeifließt, so träge, daß man nicht weiß, wohin sie fließt.

Und als ich ging, blieb, ich hätte es nicht geglaubt, eine kleine Wehmut zurück und ich mußte an die Jahrhunderte denken, die da zwischen den alten Bäumen hängen.

Wie es einem Opiumraucher und Äthertrinker zu Mute ist, wenn er einen Musensohn seinen Kummer im braunen Bier ertränken sieht, habe ich mir erzählen lassen, aber daß ein christlicher Missionar nicht mit der gleichen Wehmut sondern mit Entrüstung den Fetisch betrachtet, der auf der braunen Haut seiner Jüngerin hängt, verstärkt mich in meiner Verachtung der Lehre, die zerlumpte Fischerknechte und epileptische Fanatiker asiatischen Auswurfs auf die Akropolis und das Forum Roms zu tragen wagten. –

Aber als die Dampfbahn wieder über die Felder rollte und die Räder wieder ratterten, schalt ich auf den stillen Garten und die Oder, die so träge fließt, und fragte mich nur, ob ich sie wiedergewinnen würde.

Im Jahrmarktstrubel war sie untergetaucht und mitten in ihm erreichte sie mein Brief. Da hatte sie sich losgerissen und sich eine Stellung besorgt. Hinter dem Bahnhofsbüfet stand sie, zierlich und blond, eine Glutwelle stieg ihr in die Wangen, als sie mich erblickte. Da atmete ich auf und zu Hause fand ich Briefe von ihr mit Bitten und Beteuerungen. So hatte ich sie wiedergewonnen und sie hatte mich lieber als zuvor.

Weil sie mir ein Opfer gebracht hatte, da sie sich ihrer Freiheit begab und die Nächte hindurch in einem rauchigen Wartesaal stand?

Weil ihre Untreue ihr die Gefahr, mich zu verlieren, deutlicher gemacht hatte?

Jedenfalls nicht aus Reue, und sicherlich nicht, weil ich ihr verziehen hatte.

Sie hatte mir ein Opfer gebracht und die Stellung genommen, aus Furcht, anderenfalls mir wieder untreu werden zu können. Das war's.

Und ihre neue Liebe beruhte auf dem Glauben, jetzt ein gewisses Recht auf mich zu haben.

Und daß dem so war, fühlte ich bald und – fühlte mich so wohl dabei: ein Ding sein, das einem Anderen gehört, das ist das feinste Untertauchen und der feinste Rausch.

Jetzt gehörst du mir! Daher ihre Eifersucht, ihre täglichen Briefe und stündlichen Karten, daher die Glut von Zärtlichkeit, in die sie mich hüllte. Ich war ein eigenartiges Spielzeug, das sie sich erworben hatte und das sie Tag und Nacht nicht aus den Händen ließ.

Bis sie es in- und auswendig kannte, bis sie sich bewußt ward, daß es ihr Spielzeug war und nichts weiter und ihr nichts Neues mehr sagen konnte? Bis die Welle den Felsen zermürbt hatte und er weich in ihrem Schoß lag, und sie dann ausging, einen anderen zu suchen, an dem sie wollüstig zerschellte und den sie wieder zerreiben und in sich begraben konnte?

Jetzt aber noch rankte sie sich so an ihrer Liebe hoch, daß wir die Rollen vertauschten und sie die Gebende wurde. Sie legte Gefühl und Innigkeit in unser Verhältnis, sie träumte Tag und Nacht von den wenigen Stunden, die wir wöchentlich zusammen sein konnten, und spielte in diesen mit mir wie ein Knabe mit einem blanken Kiesel, ein Mädchen mit seiner geliebtesten Puppe, eine junge Mutter mit ihrem Kind spielt. Ich wollte einmal Seelenschenker sein und ich weiß jetzt, weswegen ich es sein wollte, und noch besser weiß ich, was ich ihr damals geschenkt habe: ich gab ihr das Selbstgefühl und die Spannkraft zurück; die Welle wurde elastisch und schön – aber würde sie, wenn sie mich überwunden hatte, nicht wieder aufschnellen und einen anderen Felsen suchen? Es war ein gefährliches Geschenk, was ich ihr und mir da gab. – Aber jetzt hatte sie zu verzeihen, denn ich ward gleichgültig und begann, die Äußerungen ihrer Liebe hinzunehmen wie jeden anderen Genuß.

Nur der Augenblick und die intensive körperliche Lust beglückt und Maßhalten ist nur soweit erlaubt, als es zum Zweck der Erhaltung der Genußfähigkeit erforderlich ist. – Es wird zwar nur so sein, daß jeder unserer Zustände, mag er relativ noch so leidensvoll sein, den höchstmöglichen Genuß darstellt, den der Körper in diesem Augenblick erreichen kann, weil er ihn erreichen muß. Aber – eßt, liebt und trinkt! Ja, ich bin wieder in der Garnison und »spiele den Lustigen, den Trinker, den Possenreißer, den Bonvivant, den Narren, den Pousseur, treibe mich in verliebten Abenteuern umher und mache Schulden, gelte als Nihilist und bin Nihilist und habe im Grunde auch alle zum Narren« – aber *nitschewo!* das macht nichts.

Woher kam dieser Umschwung in mir?

Weil ich sie nicht liebte, sondern nur von ihr geliebt sein wollte und mich über die Maßen geliebt sah. Und was ihr Gleichgültigkeit und Nicht-Liebe schien, war, daß ich ihrer Liebe aus Sinnlichkeit und Trieb höchstens eine solche aus Dankbarkeit entgegen bringen konnte, die nicht in dem Maße wie jene nach der Lust strebte, die für sie die Krone der Liebe, die Liebe an sich war. Sie merkte es wohl und ward oft traurig darüber.

Und ich trank und würfelte und spielte den Narren und überfiel sie zuweilen mit stürmischen Forderungen meiner Sinnlichkeit, weil ich – meinem Rausch noch immer nicht glauben wollte; ich – schämte mich seiner und betäubte mich über meinen Rausch. Nur wenn die Gefahr kam, sie zu verlieren, mußte mein Wille, sich diesen Ruheort und Ruhegarten zu bewahren, wieder erwachen, das heißt: für sie meine Liebe wieder sichtbar werden.

Meinem Stabilitätsbedürfnis war genügt, ich schämte mich meines Genügens und vertrank meine Scham. –

Die Hammerschläge sind verklungen, der Nebel-Sargdeckel fiel dröhnend zu und die Schwermut hämmerte ihn fest. In ihm trieb ich über die Schwelle des neuen Jahrs und merkte es nicht – war doch ein Tag so neblig wie der andere. Und ich zerpflücke und zerdeutele mir meine Liebe, es tut so wohl. Ich bin ja nur mein eigener Anatom, um den größeren Schmerz der bunten Erinnerung zu fliehen, ich suche ja nur objektiv zu sein, um nicht subjektiv bleiben zu müssen.

Aber heute hat es der Nebelsarg und Regen da draußen, der aus den feuchten Sargdeckeln tropft, darauf abgesehen, mir so bunte Liebes- und Sonnentage herauf zu beschwören, daß ich die quälenden Zauberinnen nicht anders überwinden kann, als dadurch daß ich sie in Tinte verwandele, nur müssen es helle farbige Kleckse sein und nicht die schwarzen Striche, in die ich sie sonst zu zerlegen pflege.

Der zweite Juli war es; am Morgen machten wir einen Marsch über Warnemünde und Doberan, und jetzt saß ich im Vorgarten meiner Wohnung und blätterte in einem Seglerhandbuch. Das waren mir damals die liebsten Bücher; Skifahrer-, Luftschiffer-, auch wohl solche rein technischer Art. Ich erinnere mich, in der Zeit ein Buch über

Wasserkraftmaschinen gelesen zu haben. Und da es gerade an dem Tag ein Segelwetter war, wie es sich gehört, vertiefte ich mich in die Theorie und die mechanischen Grundlagen des Segelns. Dabei trank ich, denn soeben hatte mich Claire durch ein Telegramm gebeten, sie des Abends zu erwarten, und ich hatte mir angewöhnt, angetrunken zu unserem Stelldichein zu kommen.

Wollte ich verhindern, daß ich Einzelheiten sah oder hörte, Kleinigkeiten, die eine – Illusion zerstören konnten? Ist es denkbar, daß ich, so sehr ich sie gerade so haben wollte wie sie war, doch einer Illusion bedurfte? Das klingt paradox, das ist es deswegen aber noch nicht.

Es ist 8 Uhr Abends und das Seil zittert durch die Straßen; unsichtbar, unstofflich? wer weiß! aber es hängt da und zittert und wartet, elastisch wie ein Gummiseil. Nun schlägt es seine Angelhaken in uns und zieht und zieht, bis ich sie kommen sehe, wiegend, ein wenig schlenkernd, im weißen flachen Hut. Acht Tage haben wir uns nicht gesehn! Wir geben uns nicht die Hand, aber wie wir uns erreicht haben, schmiegt sie sich mit Schulter und Hüfte an mich, für einen Augenblick nur; das war auf der belebtesten Straße, aber ich weiß, es hat keiner gesehn, denn es konnte keiner sehn, das war schnell wie ein Blitz und durchschlug uns wie ein warmer roter Schlag. Dann gehen wir ins Freie und gehen unter Linden, die in ihrer letzten Blüte stehen.

Du hast wieder getrunken, Liebling.

Verzeih! aber der Nachmittag wurde so lang. – –

Sieh! nun hattest du doch keinen Dienst und wir treffen uns am Abend erst. O du, das ist nicht recht von dir. Ich freue mich so unbändig auf dich und nun knauserst du mir noch von den paar armseligen Stunden ab. – O, du bist garnicht wert, daß ich dich so liebe. Ich weine oft die ganze Nacht um dich. Warum weine ich nur immer, wenn ich an dich denke? Ich bin überhaupt immer traurig, wenn ich mit dir gehe. Warum nur? Du! warum? Du hast mich doch so lieb, da brauchte ich doch nicht traurig sein. Aber ich glaube, wenn man einen so recht lieb hat, dann ist man eigentlich traurig. Komisch.

Vielleicht bist du traurig, weil ich traurig bin.

Du und traurig! Aber weißt du, was ich wohl möchte? Wenn du mich so ganz lieb hast – du weißt! – dann möchte ich mit einem Male sterben.

Wollen wir uns heute Nacht totschießen, Claire?

O ja!

Wäre es aber nicht schade um uns beide?

Nun, wenn wir beide zusammen tot sind, dann ist es doch gerade so, als ob wir lebten. – Aber wenn wir aufhören uns lieb zu haben, nicht? Bitte, bitte!

Aber sage mir, weswegen denn jetzt schon?

Ich fürchte, ich bleibe dir nicht treu. Ich weiß nicht, woher das kommt. Du bist so merkwürdig. Ich glaube öfter, du hast nur dich lieb und mich hast du lieb, weil ich dich lieb habe. Du hast mich eigentlich garnicht meinetwegen lieb, sondern nur deinetwegen. Aber das ist ja Unsinn! Denn wenn du mich deinetwegen lieb hast, dann hast du doch auch mich meinetwegen lieb. Du? – Sieh, auf so dumme Gedanken kommt man. Ach! das kommt von den dummen Bäumen, die riechen so. Und dann habe ich immer eine reine Angst, daß ich dir wieder untreu würde. O, es ist so traurig, daß ich dich nicht so lieben kann, wie ich möchte. Ich glaube, du bist zu gut zu mir. Aber ich bin schlechter als du denkst, und ich – will auch schlechter sein!

Komm Claire, die Linden machen uns toll.

Aber einen Zweig laß uns für die Nacht mitnehmen.

Wozu denn?

Das ist so ein schönes Gefühl, wenn Nachts welke Blumen auf dem Tisch liegen. –

Wie? ist sie auch kompliziert? Es wird der Lindenduft gewesen sein. Es hört sich so an, als ob sie etwas Richtiges ahnte, aber es war nur eine sentimentale Plauderei. Es wird der Lindenduft gewesen sein. –

Siehst du, sagte sie als sie des Nachts sich über mich geworfen hatte und mein Gesicht in beide Hände nahm, wie sie es gern tat, ich möchte nun so anfangen, dich aufzuessen. Zuerst deine Augen; nein, nicht deine Augen! Oder noch lieber, du wärst mein Kind, wenn es noch nicht geboren ist. Dann gehörtest du ganz mir.

Aber Claire!

Was ist denn dabei? Das kann man doch ruhig sagen. Oder darf man das nicht?

Das dürfen nicht alle sagen; das darfst nur du sagen, mein kleines Lieb.

Nicht wahr? Und wenn du dann geboren wärst, siehst du, dann dürftest du mir nur denken, was ich denke! Dann würden wir beide nur über dich denken. Ach du! –

Und als sie des Morgens um Sieben, da die Sonne schon heiß auf den Straßen lag, ging, verabredeten wir, daß sie zu den Schießständen hinaus fahren und mich dort treffen sollte.

Dort wollen wir uns ins Gras und in die Sonne legen. –

Die Sonne glüht und hebt den Horizont, in dem wie ein weißer Strich der Leuchtturm von Warnemünde steht. Ein kühlender Wind kommt von der See und über ihm und ihm entgegen segeln die krausen Wolken. Ich aber habe mein Haupt in deinen Schoß gelegt, da warfst du meine Feldmütze weit ins Gras und spieltest in meinem Haar. Und die Sonne steigt und glüht, von den Schießständen fällt Schuß auf Schuß und immer noch steht wie ein weißer Strich der Leuchtturm am Horizont; eine Hummel läutet im Gras und eine Esche will uns nicht stören und raschelt nur leise mit ihrem ruhlosen Laub.

Claire, ich weiß, du hast mich unglaublich gern und ich war oft häßlich zu dir. Nun verspreche ich dir, dich immer mehr zu lieben.

Da beugtest du dich herab und küßtest mein Haar, und so bin ich denn eingeschlafen. Mitten in der hohen Sonne und dem Duft von Gräsern und Klee schliefen wir ein. Ein Lächeln war auf unseren Lippen, das nahm der Wind und zerstreute es über die Welt und segnete sie.

Lotus procumbens und *corniculatus* wuchsen dort und viel blaßgelbes Leinkraut, und ein bunter Eichelhäher, glaube ich, lachte aus der Tiefe des Waldes, an dessen Rand wir schliefen. –

An einem Abend jedoch, als sie mich bat, die Nacht bei mir bleiben zu dürfen, da sie sonst nicht wüßte, wohin? schlug ich es ihr ab. Durch eine trunkene Laune von mir, da ich sie eines Abends nicht von mir gehen ließ, hatte sie ihre Stellung verloren und scheute sich, zu ihren Eltern zu gehen. Nun mußte sie mich durch Drohungen zwingen, sie mit mir zu nehmen. Es war dieses der Tag vor einer Felddienstübung, die früh morgens begann und uns erst am übernächsten Mittag zurückbrachte.

Sie liebt mich und ich gehöre ihr, das war ja mein Rauschbeerentrank.

Und sie? Sie erwartete mich am übernächsten Tag draußen vor der Stadt und besuchte mich des Nachmittags in meiner Wohnung, wie sie mich nach jenem Scharfschießen besucht hatte. Ich ließ es geschehen und dankte ihr nicht.

Aber als ich sie verlieren sollte und sie gereizt durch meine störrische Gleichgültigkeit, trunken und auf Anstiften ihrer Freundin im Begriff war, mit einem Andern vom Tanzboden zu gehn, riß ich sie mit Gewalt zurück und schleppte sie mit und bat sie mit Tränen und heißen flehentlichen Beteuerungen, mich nicht zu verlassen.

Du nimmst ja meine Seele, meinen Garten mit!

Und die Stunden, die diesen Tränen und wilden Bitten und der endlichen Versöhnung folgten, waren so voll von leidenschaftlicher Wut, daß meine Wirtin und mein Putzer, mein Korporal und Feldwebel, nicht viel hätte gefehlt und der Leutnant kam, vergeblich an meiner Türe klopften, ich hatte sie wieder und – schlief und wurde am nächsten Tage mit zweiundsiebzig Stunden Arrest bestraft, und während ich in meinem Arrestzimmer die Blätter einer Linde zählte, deren Wipfel und ein Stück blauen Himmels ich durch das vergitterte Fenster sah, der Schlaf auf der hölzernen Pritsche mich floh und Hunger und Kälte kam und ich allmählich begann mit einer kaum noch niederzuhaltenden Wut zwischen den vier Wänden zu rasen, trank und tanzte sie und lächelnd überreichte ich ihr nach den drei Tagen die zwei Knöpfe mit den mecklenburgischen Ochsenköpfen – *va banque* der Possen! ich will meinen Rausch.

Nach einigen Tagen erhielt ich einen Brief, in dem sie mir schrieb, es sei ihr, »als wäre eine Wand zwischen uns getreten; was ist das nur?« Ich wußte es mir so wenig zu erklären wie sie.

Sie hatte wegen meiner »Bestrafung«, zu der sie den indirekten Anlaß gegeben hatte, von mir Zorn und Vorwürfe erwartet und – damit von einem neuen Felsen geträumt, den sie durch ihre Liebe würde besiegen können. Aber nun lächelte ich und verzieh.

Und wir wußten es nicht und staunten, daß wir uns hiernach nicht noch lieber hatten als zuvor. - -

Es ist Nacht, die Uhr geht auf Zwölf und ich sitze oben auf der Mauer, die die Kasernengebäude umschließt; denn meine Strafe besteht außer dem dreitägigen Arrest und dem Verlust der »Gefreitenknöpfe« in der Einkasernierung. So muß ich mich allnächtlich, wenn alles schnarcht und schläft, aus der Stube, in der ich zusammen mit meiner Korporalschaft schlafen soll, heraus stehlen, muß sachte über den Hof schleichen und heimlich über die Mauer ins Freie klettern. Dann steht sie draußen hinter einer Ulme und wartet auf mich.

In weißgrauen Lachen und Seen liegt der Nebel rings und wie eine blankgeputzte Ampel hängt über mir der Mond. Die Kaserne schläft, aus ein, zwei Zimmern dringt durch die Vorhänge ein rötliches Licht und die nägelbeschlagenen Stiefel der vier patrouillierenden Posten stapfen hart und hallen dumpf und monoton über den öden Platz, während wie rote tückische Kakerlakenaugen die Lichter einer Bahn aus den weißen Nebelleibern glummen. Da schwinge ich mich über die Mauer und lasse mich vorsichtig an ihr nieder fallen. –

Was kommst du spät? Ich warte schon so lange und es ist kalt und unheimlich hier. Aber ich friere und bin müde, laß uns schlafen gehn! –

Ich habe vorher Wein bestellt und zwei Wachskerzen brennen auf dem Nachttisch neben uns, und es ist warm und schwül im Zimmer. Im blauen Waffenrock, mit rotem Kragen, roten Aufschlägen und blanken Knöpfen, liege ich auf dem Bett; dann entkleidete sie sich, ganz und nackt, und setzte sich rittlings auf mich. Ich nehme ihre Hände und biege sie mit leiser Gewalt zurück, bis ich ihre Augen gefunden habe –

Ist es nicht wie in einer Kirche, wenn vor den Heiligenbildern die Wachskerzen brennen und der Weihrauch sich wie eine süße Wolke in den dämmernden gotischen Bogen verfängt? Siehst du nicht das tiefe unheimliche Leuchten in dem roten Wein?

Sahst du, wie draußen der Mond gleich einer leuchtenden Ampel in der Nacht hing? So hänge auch ich, ratlos und einsam, in der Welt, in ihrem Rätsel und ihrer ewigen Brutalität. Ich fluche ihr nicht, weiß ich doch, mein Fluch ist bedingt, und ich bin zu klug und zu schwach zum Fluchen; ich bin zu helläugig geboren und mein Wille zergeht in dem Licht meiner Augen, er verliert seine freudige Blindheit und damit seine Wucht; ich baue mir aber auch nicht auf diesem Fundament von zerflatternden Rätseln und harten Brutalitäten ein hohes helles Haus – ich gehe abseits und suche einen Garten, ich vergesse die Fragwürdigkeit der Welt im Rausch und finde ihn in dir, in dem Aufgehen in deinem nackten weißen Leib.

Willst du nicht trinken? Sieh, der Wein ist so rot! Rot und herb wie die purpurnen Knäufe deiner Brüste.

Mein Garten bist du, in dem wie eine letzte, allerletzte blaue Aster die Möglichkeit für mich blüht, mich an der Welt zu erfreuen als an einem Gemälde, dessen Farbenglanz ich auf mich wirken lasse, ohne nach seinem Schöpfer, einem Zweck und Sinn und der Zusammensetzung der Farben zu fragen.

Du süße Aster, du meine Geliebte, du roter Wein und schwerer Rausch!

Da ließ ich deine Hände, die ich noch immer mit sanfter Gewalt zurück bog, los und da sankst du über mich, so, daß mein Kopf gerade zwischen deinen Brüsten zu liegen kam. – –

Sieh! da im Westen hat einer in den Himmel gestochen und nun fließt das Blut, das rote rotgoldne goldene Blut. Über die welligen Höhn und Zacken der blauen Wolkengebirge rollt es hin, um die Inseln dort im grünlichen Meer und die Nehrungen, die auslaufen wie Nadeln sein, schäumt es auf und kräuselt über sie. Sieh! in Flocken und Schaum stäubt es über das ganze Firmament!

So verbrennt sie Tag für Tag in stiller unnahbarer und gleichgültiger Pracht, wirft Gold über die Welt und achtet es wenig und nichts, achtet des nichts, was sie schuf, ihr Werk sind wir, sind nichts ohne sie, sie aber schwindet gelassen, als ging's sie nichts an.

Sie, des alten Orients Gott und Rausch und Garten und Ruhepunkt, und meiner – ein Aufgeben meiner selbst an ein Dirnchen. Das ist die Reihe. –

Jetzt sehen wir uns noch sieben arme Mal und dann reise ich fort.

Und ich reise dir in fünf mal sieben Tagen nach.

Du willst mich besuchen? O tue es nicht, tue es nicht! Ich weiß nicht, aber es ist mir, als ob ich dich warnen sollte. Du hast mich zu lieb. Ich kann das nicht ertragen. Das ist, als ob mich das oft zerreißen wollte.

Wie die Abendwolken dort die Abschiedsglut der Sonne, die sie in sich aufgenommen haben, nicht ertragen können und deswegen zerflattern und zerreißen?

So mag's wohl sein. O komme nicht nach! tu es nicht! tu es nicht!

Da küßten wir uns und unsere Lippen wollten sich nicht trennen, während das Abendrot sein letztes rotes Gold über uns warf und traurig wurde, daß es sein letztes war und es alles andere schon vergeudet hatte.

Als wir uns getrennt hatten und ich heimwärts ging, prägte ich ein Wort – oder tat ich's erst heute? – für das, was mir als letzte und höchste Stufe übrig blieb, ich nannte es meine Selbstauflösung in ihr.

Von nun an gingen wir täglich hinaus, die Abendröte zu sehen, sieben Male gingen wir hinaus.

Und da wir zum siebenten Mal hinausgingen und auf einem Hügel standen, der dort frei aus der Ebene ragt, fiel schon die Sonne steil zum Horizont und schickte sich an, unter den Mittelpunkt des sie umgebenden hellen Scheines zu gleiten; des Scheines, dessen oberer und seitlicher Rand, *ma chère*, in zarteren Rosafarben schimmert als der erste Gedanke einer neuen Liebe, der sich auf Ihre Wangen malt, während sein der Erde zugewandter Teil in goldbraunen Tinten schwimmt, die sogar den Schimmer Ihres unvergleichlichen Haares an samtener Sättigung übertreffen.

Aber gelassen durchsinkt die Sterbende den farbig umrandeten Schein; vom frühen Nachmittag an hat er sie getragen, nun aber, wenn sie als gewaltige, doch schon nicht mehr leuchtende Scheibe von einem tiefen Orangerot in die dem Horizont auflagernde Nebelbank einsinkt, zieht sich dieser vorher noch einmal hell Aufschimmernde und sich breit Ausdehnende in ein gelblich glänzendes Oval zusammen und schwebt so gleich einem Sarge, o *ma chère,* aus dem die Leiche fiel, verlassen und einsam über der Gruft, in die jene versank.

Nun sehen Sie, nun lauschen Sie – nun wird es klingen! Nun gelangen die Trauerlieder, die der Himmel anstimmt, an Ihr Ohr! Hören Sie, wie aus der Nebelbank Ton auf Ton auf goldenen Stufen emporsteigt? Das ist kein schwarzer Mönchs-Raben-Grabgesang, das ist ein gemessen schreitendes, goldgeschichtetes Lied, das sich gelassen und wuchtig vertieft zu einem brausenden Rot, das von Stufe zu Stufe, steigt, um gehalten auszuklingen in der weißblauen Wölbung der Abendkuppel.

Aber Sie hören schon das Lied, das die Erde singt? Sie wenden sich und hören den tiefblaugrauen Streifen, Sie lauschen dem Schattenlied, das die Erde klagend an den Osthimmel wirft? Und hören Sie nicht – o wenn Sie lauschen wollten! –, wie die Gegendämmerung hellrosenrot aus dem Schattenlied der Erde aufsteigt und jetzt, jetzt mit schnellen rosafarbigen Fingern in den Himmel greifend tönt? Hörte je einen solchen Ton Ihr kleines Ohr?

Aber Sie wenden sich wieder? Sie haben schon das rauschende Leuchten im Westen gehört? Ihre märchenschönen Augen weiten sich, um das rote Brausen zu trinken? Ihre stolzen Brüste dehnen sich – knistert nicht die Seide über ihnen? Ihr ranker Leib reckt sich – umschwebt mich da nicht ein Duft wie von blühenden Tamarinden? Oder ist es nicht der blühender Edelkastanien? O *ma chère*, der Sarg, der weiße Sarg, aus dem die Sonne fiel! Hören Sie denn, hören Sie denn nicht die süße Mollserenade seines weißen hellen Gelbs? Wird es nicht um einen Hauch dunkler? Wie ein Primelngelb? Empfinden Sie denn nicht – o öffnen Sie Ihre Augen weit! –, wie die Luft erfüllt ist wie von dem Sammetduft eines Primelnstraußes? Sehen Sie, in das goldne Stufenlied sind rauschende Orgeltöne gedrungen! Hören Sie, flammend rot steigen sie über die langgestreckten Stufen! Sehen Sie, aus dem dämonischen Ockergelb quillen sie hoch, aus der gelben glummenden Schicht, die gleich zusammengeschweißten Gewittern über den bräunlich schwälenden Dunst des Horizontes lagert! Hören Sie die gebändigten Donner? Sehen Sie die gefesselten Blitze? O *ma chère, ma chère*, Ihr Atem stockt und zwischen Ihre junonischen Brauen hat ein Blitz eine zürnende Falte geschlagen!

Aber glätten Sie Ihre kleine Stirne getrost –: sehen Sie nicht die Antistrophe? Sehen Sie den herben meergrünen Streifen, wie er widerstreitet dem rauschenden warmen Rot und dieses und die gebändigten Donner zugleich abschließt von dem weißen klagenden Dämmerungsschein, der über dem ganzen Westen liegt? Hören Sie das Alles zueins und fühlen Sie auch, wie die rosenfarbige Gegendämmerung nach ihrem letzten lauten Aufleuchten in einem schwachen blaßen Violett leise schnell verklingt, nachdem schon der Erdschatten in dem Getöse der düster heraufrollenden Nacht versunken war?

Still! hörten Sie den ersten Fanfarenklang? Sehen Sie, wie er dort oben hoch hoch im hellen Blau, hoch über den Stufen des Goldliedes und über den Orgeltönen, die wuchtig über sie schreiten, auf roten Wogen heranschwimmt? Sehen Sie, hören Sie schon den kommenden – Purpur aus ihm? Oh! nun wird die knisternde Seide über Ihren stolzen Brüsten reißen! Nun werden Ihnen Schauer auf Schauer über den göttlichen Schwung Ihres marmornen Nackens rinnen! Das Purpurlied! Oh! meine Göttliche, das Purpurlied! Sehen Sie, wie es sich leuchtend und unter brausenden Fanfaren niedersenkt? Auf den Sarg, aus welchem die Sonne fiel! Oder fuhr vielleicht die brausende Flamme aus dem Sarg hervor? Der Sarg brennt! Der Sarg sinkt donnernd hinab hinter den Stufen des Goldlieds und ihren tobenden Orgelklängen! Und aus seinen klaffenden Spalten – fährt nicht das Feuer in roten Fetzen hervor? Und wandelt das goldne Gelb in glühendes Orange, das Orange in heißes Zinnoberrot und das Rot in düster karmoisinrote Glut! Die flammt und schleudert ihre zischende Lohe heulend hoch – der Himmel brennt! –

Marienkäferchen, flieg!
dein Vater ist im Krieg,
dein' Mutter ist im Holda-Land,
Holda-Land ist abgebrannt:
Marienkäferchen, flieg! –

Aber Claire!
Ich weiß nicht, ich mußte das singen, das kam so über mich. – O, sei mir nicht böse deshalb!
Dann gingen wir heim, schweigend und befangen. Sie schämte sich ihres Liedes – o du süße Törin! O wie sehr kenne ich den Grund meiner Selbstauflösung in dir! –
Am nächsten Morgen, denn es war der erste September, an einem Sonntag, ging ich mit Rosen zur Bahn, deren Blätter der Meltau befallen hatte; es ist nämlich eine Eigentümlichkeit des Meltaues, daß er gerade die Blätter der dunkelroten Rosen befällt. So fuhr sie hin und nahm meine Rosen mit, ich aber begann an das Manöver zu denken, denn die Manöver sollten in diesem Jahr im östlichen Holstein abgehalten werden – sie aber fuhr an jenem Morgen nach Kiel.
»Die Wolken fliehn, der Wind saust durch die Blätter, ein Regenschauer zieht durch Wald und Feld«, kahl schon werden die Ulmen und die Rosen verblühn und gelbe Ulmen- und rote Ampelopsisblätter knäuelt der Wind und rollt sie hin, dunkel ist's noch und der Regen stiebt und nach Holstein! rattern die Räder; und Holstein ist Wind und See und kalte Höhe und fegende Regenfransen; zur Rechten ein See, die Wolken gehn tief und der Wind hat über Nacht die Pappeln gebrochen an unserem Weg; zur Linken ein See, wir kommen aus Plön, Nacht ist's und es knattert und prasselt der Regen; und Stoppelfelder und schwälende Biwaksfeuer und die Zähne klappern in der feuchten Nacht in der Buchenwaldschlucht, und Hunger und Durst und Marschieren, immer Marschieren; da steht sie in Kiel, ein Trupp zieht vorüber, noch einer und mehr, sie steht auf dem Stuhl auf dem Bürgersteig und sucht nach mir und winkt und schreit nach mir, uns trommelt indes der Regen auf dem Helm – im Süden, in Oldesloe;

Marschieren, Marschieren; da schneuzt sich ein Stern; da duckt sich das Lager vor dem Arm, der eisig aus dem Weltenraum langt – der Arm ist Gottes! Eiszapfen sein Haar, sein Blick ist Hohn und wehrlos glimmt in seiner Hand die Kugel Welt; Kältetod ist sein Name; der frißt den Raum, den dein Auge durchblitzt und dein Geist umfliegt und die Zahl bezwingt, samt seinen Sonnen und Erden und irrem Weltenstaub, in einer Sekunde dir auf; der Frostpolyp, der Kältekrake, der den Raum umkrallt und in ihn seine eisigen Arme streckt, ich fühl seinen Arm und schauere und krümme mich gleich dem Wurm – die Kraft ist ewig? wo alles zum Ausgleich strebt und die Kälte lauert? Wärme ohne Gefälle ist keine Kraft, »ein Klumpen Tod, ein Chaos harten Tons«.

Es ist grimmig kalt. Zu zehn oder zwölfen liegen wir dicht aneinander gepreßt um das schwälende Feuer; zuweilen wälzt sich stöhnend und leise fluchend einer von uns herum und dreht der Glut eine andere Seite zu. Auf den verkohlenden und verglimmenden Scheiten steht ein mächtiger rußiger Kessel; es brodelt in ihm und ein beißend aromatischer Geruch steigt von ihm hoch; es sollen am Morgen die Feldflaschen aus ihm gefüllt werden. Nun bricht eines der Scheite mit einem leisen Knistern zusammen, Funken stieben und gefährlich neigt sich der Kessel, als wollte er seinen braunen kochenden Inhalt über mich gießen. Aber er wird schon stehen bleiben. – Nun dreht sich der Wind und treibt mir den stechenden Rauch in die Augen; da wälze ich mich langsam herum und lasse meinen Rücken braten. Den Kopf stütze ich in die Hand, schmiege meinen Leib fest gegen die Seite eines schlafenden Reservisten, platt liegt er auf der Erde und schnarcht, und blicke in die Nacht. Es ist dunstige Luft; ein paar Sterne zähl ich, ein paar wulstige Baumschatten kauern am Horizont und rings um mich glühen trübrot die Feuer und werfen, wenn der Nachtwind die schweren bläulichen Rauchfahnen zur Seite schiebt, ihre düsteren Lichter über die Zelte; dann tritt ein unförmiger schwarzer Klumpen aus der Nacht hervor, ein dumpfes Stimmengewirr schallt dann wohl herüber und die Lichtscheine huschen über eine wagerechte Reihe gespenstisch geröteter Gesichter – der Marketender-Wagen und ein paar nimmermüde Zecher; die Narren. Einige Schatten stehen hier und da, schwarz und verschwommen, wie aus der Erde gewachsen; wenn sie eine Zeit lang gestanden haben, fangen sie an schwerfällig zwischen den Zelten hin und her zu tappen – das Stiefelleder ist hart wie Holz und die Füße sind wund –; dann stehen sie plötzlich vor einem Feuer, dösen stumpfsinnig in die Glut, wackeln wieder auf ihrem Patrouillengang fort und verschwinden lautlos, als hätte sie die Nacht gefressen.

Ich möchte wohl Soldat bleiben; man vegetiert so hin. Und diese prächtige Müdigkeit nach jedem Tag und diese herrliche Massensuggestion; man ist nie selbst, man kommt nie zu sich. Man nimmt niemals Gifte ein, man scheidet niemals Gifte aus. – Was habe ich damals in Lockstedt für dummes Zeug geredet; ich habe mich wohl sogar ereifert. Wozu? Ich Narr. –

Was soll nun nächstens aus mir werden? – Arbeiten? Ich könnte ja wohl einmal ein Buch schreiben, über die zum Glück zureichende Dummheit, denn daraufhin läuft schließlich alle Schreiberei hinaus; wenigstens die ehrliche. – Aber wozu? Ich habe ja Claire. Ich will mich noch ein paar Jahr von ihr lieben lassen, ich will noch ein paar Jahr ein herziges Spielzeug sein. Bis ihre feine Haut welk wird. – Und dann will ich das Extrakt meines Lebens ziehn. In einem Sonett, einem einzigen Sonett, einem braunen Sonett. Das soll sich anfühlen so weich und fremd wie brauner Zunderschwamm. Ein ganzes Jahr will ich an ihm arbeiten. Das soll ein Sonett werden! Alles, alles soll es aus mir ausscheiden, was sich in diesen langen toten Jahren angehäuft hat; jede Zeile ein Buch. Und dann? – Dann kommt die Probe aufs Exempel: vielleicht könnte ich dann leben – leben! – Oder dieser Eindringling, dieses aberwitzige Sehnen nach einer definitiven Wahrheit, vor dem ich schon Rettung suchte im Rausch der Liebe, hätte mich zu Grunde gerichtet, und damit – würde auch aus dem Sonett nichts werden; die Drüse ist erstickt, sie sekretiert nicht mehr.

Aber es ist kalt, grimmig kalt, und der Wind hat sich wohl schon wieder gedreht. Hoppla! schnarchen Sie nur weiter! –

Marschieren, Marschieren und schwälende Biwakfeuer, und ein Brief fliegt herüber, ein süßer, ein wilder, und jetzt noch drei Tage die Stiefel nicht aus und das Koppel nicht ab und die Gesichter sind – schwarz, und die Bärte sind – wild, und die Augen sind – rot und das Manöver ist aus.

Das riecht nach verdörrtem Sommerlaub, das riecht auf den Straßen nach Herbst und meine Ulmen sind kahl, doch mein Herz ist still, mein ruhiges müdes Herz ist still, wie der goldene Herbst und zählt und zählt die Tage, dann rufen die Räder zu ihr! zu ihr! Der Dienst ist – aus, das Jahr ist – um.

    Ich lieb unendlich diese blauen Nebel,
    die herbstlich still den Wald umgeben
    wie wenn ein Bahrtuch einen Sarg umwebt,

    ich lieb unendlich diese goldnen Schimmer,
    die über Stoppelfeldern schweben
    wie eine Krone über Toten schwebt,

    ich lieb unendlich diese bleiche Sonne,
    ich seh in ihren müden Blicken
    das goldne Glück, das auch aus meinen blickt.

Der ruhlose wilde Spuk, der Geist ist unendlich und reitet auf seinen Ziffern und Buchstaben in seine Unendlichkeit; die Welt ist endlich, ist eine Kugel, die in der Kälte schwimmt und ihr Inhalt ist Herbst, ist ein Kunstwerk, das sich selber anschaut, wie heute der Tag sich nicht genug tun kann, in sich selber zu sehn und zu schluchzen vor seinem kleinen goldnen Glück: o herbstendes Glück, o Lächeln im Winkel, o rote goldne Euthanasie!

In den Nächten aber trank ich und hockte in Bars, mit einem roten Holsteiner, der eines Abends so gewaltig Rheinwein und Burgunder trank, daß ihm über den hilflos ins Leere starrenden Augen der Schweiß in hellen Perlen auf der Stirne stand, und kam alltäglich erst am hellen Vormittag heim. Suchte ich den Rausch, den der Tag mir geboten hatte, mit gröberen Mitteln fortzusetzen? Oder – ich trage ungern goldne Geschenke in mein Zimmer; ich zerpflücke sie mir da zu leicht, ich gehe mit ihnen unter Menschen und spiele da heimlich mit dem Glück, wie es leise in mir klingt; so fühle ich es mehr, so weiß ich, daß es mein und mein eigen ist, – und trinke, um dieses Gefühl und die Traumstimmung und das leise Schaukeln zu verstärken und fest zu halten?

Eines Tages aber war ich in Zivil und trug eine Aster im Knopfloch.

Der Himmel ist tiefviolett und die Hügel, auf denen die versprengten Kiefern wie Pinien stehn, sind ziegelrot und die Buchen und Eichen huschen wie glimmende Feuer vorüber. Jetzt steigt ein Rot wie von

Heckenrosen gestreift in das tiefe Violett, das umstreichelt mich wie weicher Samt, und der Zug wiegt so leicht und federt so sanft und die Eichfeuer und Buchen mit ihren herbstenden Goldblättern leuchten so rot und die Birken so gelb – so fahr ich zu ihr, so fahr ich nach Kiel. –

Der Sarg zerbarst! Der Nebel ist fort! Eisblumen hat die Nacht an mein Fenster geworfen und nun heult der Ost. Tot ist die Welt und mein Herz ist leer, da nimmt es der Wind und wirbelt es über die Gassen, zermürbt's zerkrümelt's, Staub auf staubigen Straßen.

Aber weißt du, der Schmerz der Hoffnungslosigkeit ist auch ein Rausch. Doch der taugt nicht für dich, denn er ist nicht skeptisch genug und bejaht ein Ideal und findet am Ende den Grund für dessen Nichterfüllbarkeit in der Metaphysik. Und lange genug saßest du in Buddhas windstillem Hain: dort wächst die Moral. Aber nicht als moralische, als künstlerische Erscheinung erträgst du die Welt.

Aber glaubst du, daß dein Selbstzergrübeln und schmerzlich buntes Erinnern allein den Garten dir wiederbringt, in dem jene Blume wächst?

Und warst du nicht in diesen Nebelwochen schon daran, aus deinem – Nihilismus dir einen Rausch zu brauen? Ganz sachte und heimlich über Nacht die Grundlagen einer eigenartigen Metaphysik zu legen, die das Ding an sich im Nichts und der Hoffnungslosigkeit sieht? Und fühlst du nicht, welche Moral dir da erblühen würde? Das Mitleid mit allen, das Erbarmen mit allen, mit den allen, die du doch so herzlich und von Grund aus verachtest! Dann wärst du mir bald in Kirchen und Klöster gelaufen! Zwinge dich zu deinem echten Rausch! Hänge deinen Garten dir hoch! Male ihn dir so märchenschön – du weißt, alle Malerei übertreibt, denn sie setzt das Geschilderte als etwas Eindeutiges, Unabhängiges und Fürsichbestehendes. In jeder Schilderei steckt ein Wunsch.

Hänge deinen Garten hoch! Denk an den Lenz! Er kommt, er kommt – und dann?

Hinter den Werften und Docks, den angelnden Riesenarmen der Kräne und den dröhnenden Eisengerüsten verblassen die letzten Fetzen des Morgenrots und gelbrote Reflexe laufen über die opalisierenden Wasser und spielen um die stählernen Kriegskolosse – weißgrau, eisengewordener Wille und Wucht liegen sie da. Kühl ist's, von den alten Linden fallen die letzten Blätter und lang war die Nacht.

Habe ich dir schon erzählt, was ich in dieser Nacht geträumt habe? Du warst wohl noch wach, da fiel mitten in einem Kuß, den ich auf eine deiner Brüste drückte, der Schlaf auf mich. Da löste sich meine Seele aus mir und stieg an seiner Hand durch deine linke Brust, Stufe über Stufe, hinab in dein Herz. Hier in dem purpurnen Zimmer setzte ich mich auf einen sammetbeschlagenen Thron, und während ich dort saß und den Strömen deines Blutes lauschte, wie es draußen sang und brauste, öffneten sich die Türen des Zimmers und Kobolde, die sich in gelbroten Taffet gekleidet hatten, traten herein und trugen auf silbernen Schüsseln deine Gedanken. Sie stellten sich im weiten Kreis um mich her und ihr Sprecher trat vor und sagte: Hier bringen wir dir, du König unserer Gebieterin, unseren Tribut. Und aus seiner Schale erhob sich jeder Gedanke und sprach zu mir und sagte, wer er sei. – – So hast du mich lieb? – – Aber mit einem Male flogen donnernd die Türen des Zimmers auf und eine schäumende Flut Blutes brach herein, riß die Kobolde fort, stürzte den Thron und ich schwamm und kämpfte in den gischtenden Blutwogen, bis sie mich in einem ekelhaften warmen schweren Tod erstickten.
Sie schwieg und krauste die Stirne.
Laß uns frühstücken gehn. Wie kannst du nur so etwas träumen? –

Am Abend fiel eine kalte Luft auf den Hafen und breitete eine Bank von Dunst über ihn; und da die Sonne ihre Glut in ihn warf, lag er über ihm wie ein – feinkörniger roter Dampf. Bäume und Masten verschwanden in ihm, die Erde verflog und es war, als habe ein Gott uns in eine Abendwolke gehüllt und trüge uns fort.
Da lehntest du dich an mich und drücktest meine Hand:
Wie wunderbar! Sieh! und nun beginnen die Schiffe zu sprechen. Was mögen die sich wohl erzählen? O du in Kiel? Du bei mir? –
Deinen Garten – o hänge ihn hoch! Es kommt der Lenz – und dann?
Wie der Ostwind das strähnige Zigeunerhaar der Birken peitscht! Aber im Nebel und Wind – sie rüsten sich zum Lenz! Und was für sie die blinkenden Stärkekörner sind, die sie hinverfrachten, wo es ein Grünen und Blühen werden soll, das ist für dich – – das stoffgewordene Mittel, der stoffgewordene Geist, die stoffgewordene Macht ist Geld! Blinkende Stärkekörner und – Geld! –

Es nebelte den Tag, und da es begann zu dämmern, bestellte ich Wein und lehnte meinen Kopf auf deinen Schoß.

Nun bist du schon acht Tage hier, acht Tage schon wohnen wir hier und wissen von nichts und kümmern uns um nichts. Ich glaube, wenn wir länger beisammen blieben, vergäßen wir die Welt.

181

Da kam die Sonne hinter einem Haus hervor und warf abermals Gluten in den Nebel, der da auf der Straße lag.

O sieh den Nebel! Wieder roter Nebel! Das sieht aus wie rotes Blut.

Da zog ich dich nieder und haspelte so lange in deinem Haar, bis es als goldne Welle über mich fiel und mich begrub und ich begraben lag in einem Sarg von Frauenhaar und Blut. –

Acht Wochen nur – dann kommt der Lenz!

Ich muß eine Erfindung machen. Eine Erfindung, wie sie sich gehört, ist das zielbewußte Suchen und Finden einer neuen Nutzbarmachung einer der vorhandenen Kräfte. Eine Kraft wird nutzbar durch Umwandlung latenter in bewegte Kraft und durch Schaffung eines Gefälles. Alle Erscheinungen der Kraft, soweit sie mechanisch sind, nutzen wir aus; vom chemischen Prozeß und elektrischen »Strom« bis zu Wasser und Wind, ausgenommen den Luftdruck und die Schwerkraft im engeren Sinne. Diese aber scheidet aus – sie ist das physikalische Rätsel an sich, vielleicht *nur* ein metaphysisches Problem – wir können kein – Gefälle für sie schaffen, keinen schwerkraftlosen Raum. Und jener

182

tritt nur, abgesehen von den meteorologischen Erscheinungen, in Wirkung gegenüber dem luftleeren Raum. Der, als die Bedingung des Gefälles, müßte dauernd gewahrt bleiben. In ihm treibt er das Wasser zehn Meter hoch, und aus dieser Höhe muß ich es entfernen, ohne daß ich den luftleeren Raum, der sein Heraufsteigen ermöglicht, vernichte. Die Frage ist's. Zwei Monate nur! –

Als ich heute Morgen mein Bad in dem Moorbach nahm, dort wo er durch das Tannendickicht über gelbroten eisenhaltigen Sandboden rollt, formte ich weiter an meiner Frage, während das eiskalte Wasser meine Knie umspülte und ich gemächlich das Eis zerschlug, das wie fein durchbrochene Spitzenmanschetten von den Ufern über das Wasser gewachsen war.

Das ist keine Phantasterei und kein *perpetuum mobile*, das stetig die Kraft aus sich erneut, das will die gegebene Kraft des Luftdrucks wirksam werden lassen. Wie Wärme nur wirksame Wärme ist bezogen auf einen weniger warmen Körper, so der Druck der Luft nur bezogen auf einen Raum von geringerem Druck. Dieser muß bewahrt bleiben und trotzdem das Wasser, dessen neun Meter starkes Gefälle ich haben will, aus ihm in dieser Höhe entfernt werden.

Und das muß geschehn durch seine eigene Kraft, und diese Kraft muß größer sein als der Druck der Luft, der es sonst wieder in das Vakuum zurücktriebe.

In einem luftleeren neun Meter hohen Rohr, das in seinem oberen Ende zweimal umgebogen ist, steigt das Wasser hoch und fällt darauf in einen Behälter, der sich an dem nach unten gebogenen Ende des Steigrohres befindet: aus diesem Behälter muß ich es entfernen, wozu ich entweder die bewegte Kraft des aus dem Rohrende fallenden Wassers benutze oder den Druck der gesamten oder eines Teiles der gesamten schon in dem Behälter ruhenden Wassermasse.

Da begann es zu schneien und ich wanderte durch den stöbernden Schnee, stundenlang; durch den Wald, durch das schilfbraune Moor, über die Heidehügel und gleich einem alten Zaubermeister zeichnete ich in den Schnee, dort wo er glatt und eben lag wie eine Tafel, Röhren und Würfel und Schaufelräder und Kugelventile. Und warf mir der Wind, der sich nach Süden drehte, seine Flocken in die Augen –

Du Narr! leg dich hin, ich decke dich zu; lege dich nur hin, es sieht schon keiner! –

so suchte ich mir eine dichte Kiefer, wie sie windgedrückt auf den Hügelhöhen stehen, einen Wacholderring oder ein Rotdorngestrüpp, in deren Windschatten ich wie auf einer weißen Riesen-Schiefertafel weiter meine Kreise zog. Es muß! Es muß!

Auf der Landstraße hatte der Wind, der schnurstracks über ihr blies, dort wo Gebüsch zu beiden Seiten war, Schneewellen gebaut. Vier gute Schritte waren von Berg zu Berg und eine starke Hand breit waren sie hoch. Und dort, wo das Gebüsch zurücktrat und der Schnee über den freien Feldern wie ein Nebel flog, war auf der Höhe der basaltgewalzten Straße eine Rille freigeblieben, über die der stäubende Schnee in schmalen schlängelnden Strähnen lief, als ob zahllose kleine Dampffähnchen vor mir her huschten. Ich versuchte, Schritt mit ihnen zu halten, aber schnell wie kleine Schlangen liefen sie mir fort:

Wir sind lustiger und leichter als du, du Tölpel und Grübeltor, der sich sein schönes Leben selber zerschneidet und unsere Mutter besiegen will, weil ihm sein lockeres Glück entflog, so ein lockeres loses Dirnchenglück! Wir Schneeeidechsen und kristallenen Kinder der Luft, wir huschenden Flämmchen von stiebendem Schnee! –

Nachmittag war's, als ich heimkehrte, verschneit und verklammt, aber eines brachte ich mit: es wird eine Art selbsttätiger Druckpumpe sein müssen, die das Wasser aus dem Behälter preßt, und auf deren freiem Hebelarm wirkt als Kraft der Druck des aus dem Steigrohr fallenden und auf dem Hebelarm in einem Gefäß aufgefangenen Wassers.

Nun habe ich Linien um Linien gezogen, phantastische Pumpen und rollende Ventile gezeichnet und viel Zahlen- und Formelnkrams dazu gemalt, jetzt will es dämmern und zögernd fallen die Flocken. Wir sprachen damals oft vom Schnee – jetzt sitzt sie mit dem Andern in einer Dorfschenke und schäkert mit ihm und freut sich auf die Heimkehr und Schlittenfahrt. Und ich vergrabe mich hier und schreibe, schreibe von Dingen, die nicht mehr sind und doch noch sind und vielleicht jetzt erst das sind, was sie damals schienen; denn jetzt erst sind sie eindeutig, fest und in sich rund, damals waren sie ein Hauch der vorüberjagenden Wirklichkeit. Ich bilde und schaffe sie, ich umschlinge mit des Kältekraken Armen die Welt, die Kugel glimmenden Staubs, ich reite verwegen über sie hinaus ins Nichts und atme auf, wenn der Nachtwind mahnend an mein Fenster klopft, – um mich wieder zu finden in einer absoluten Einsamkeit. Eben noch genoß ich mich in einem gefährlichen Spiel und nun bin ich nichts als ein trauriges Taumeln zwischen dem glühenden schmerzlichen Wunsch nach ihr und dem Gedanken an den Tod, der immer verführerischer zu locken und zu flöten weiß. Und kein Ruhepunkt ist zwischen ihnen, kein stützender ablenkender tröstender Gedanke – und die Menschen? Ich sprach schon seit zwei Monden kein Wort, ich weiß nicht mehr wie meine Stimme klingt, ich bin ja stumm, bin ein helläugiger Spuk und ein kluges Gespenst – nur mein Name.

Zwei Tage darauf, da der rote Nebel sich zu Regen verdichtet hatte, fuhr sie nach ihrer Heimatstadt zurück, wo ich sie nach den Universitätsferien wieder treffen wollte. Ich konnte aber nicht so lange von ihr getrennt sein, ich reiste nicht in meine Heimat, sondern blieb noch einige leere, wüste Tage in Kiel und fuhr ihr schließlich nach und suchte sie am gleichen Abend auf.

Ich bin dir untreu geworden; in der Trunkenheit geschah's. O verzeih!

Ich verzieh und acht Tage lebten wir noch zusammen. Mir gingen die Mittel aus und wir lebten auf Borg. In einem Hotel, in dem wir übernachteten, ließ ich eines Morgens meinen Mantel als Pfand. Dann mietete ich mir eine Wohnung in ihrer Nähe und Nachmittags kam sie zu mir; wir taten sehr verliebt und schmiedeten Pläne, es lag aber etwas über uns, das uns hinderte, uns und unseren Plänen recht zu glauben, und des Abends kam es regelmäßig so, daß wir uns betranken. Die Grundlüge, die in unserer Liebe lag, da jeder im Anderen Anderes suchte, drängte sich aus irgend einer Ursache hoch, meine Geldnot verstärkte das Mißbehagen, das uns, ohne daß wir seinen Grund klar sahen, quälte, und so suchten wir es im Trinken zu vergessen, um wenigstens unsere, plötzlich gewaltsam und roh aufschießende, Sinnlichkeit ungetrübt genießen zu können.

Mißbehagen und Betäubung darf ich über diese acht Tage schreiben.

Bis ich eines Abends, da ich nicht mehr das Porto für meine Briefe bezahlen konnte, ihr meine Lage gestand. Sie versprach mir, Geld zu besorgen, und kam nicht zurück.

Da ging ich in ein Lokal, dessen Wirt ich kannte, und nach einigen Stunden kam sie in Begleitung von vier Herren in dasselbe Lokal. Ich sah, daß sie betrunken gemacht wurde, und ging zu ihrem Tisch hinüber und rief sie heraus. Sie folgte mir, da sie sich aber weigerte, sofort mit mir nach Hause zu gehen, gingen wir wieder hinein und tranken weiter, ich und sie. Nach einer Stunde ging ich abermals hinüber und fragte sie, ohne mich um die dasitzenden auch schon betrunkenen Kavaliere zu kümmern. Da sie tat, als hörte sie mich nicht, setzte ich mich wieder an meinen Tisch und wir tranken weiter, sie und ich. Als sie mit ihren Herren, mit ihren vier patenten selbstgefälligen Nichtsen, ging, trottete ich hinterher. Als einer dieser Herren in seine Wohnung ging, um einen Schirm zu holen, und sie vor seiner Türe wartete, wartete ich mit. Aber als ich sie mit mir ziehen wollte, drohte sie zu schreien. Dann kam der Herr mit dem Schirm und nahm ihren Arm und brachte sie nach Haus; sie aber lehnte ihren Kopf zärtlich an seine Schulter und ich lief wie ein Trottel nebenher. Als sie sich vor ihrer Haustüre, die beiden Trunkenbolde, küßten, stand ich dabei und sah zu und rührte nicht die Hand. Dann entschuldigte ich mich bei dem Herrn mit dem Schirm, blieb noch vor ihrem Hause stehen und rief, da auf ihrem Zimmer Licht angezündet wurde, dreimal laut ihren Namen, und als daraufhin sofort das Licht erlosch, ging ich in eine Bar und betrank mich bis zur Besinnungslosigkeit.

Am nächsten Morgen kam sie und bat mich, sie freizugeben – hätte ich es getan, dann säße ich jetzt nicht hier und lauschte dem Wind, wie er an den Telegraphendrähten pfeift, sondern läge warm in ihrem Arm. –

Laß mich doch frei! Ich kann dir nicht mehr treu bleiben.

Liebst du mich nicht mehr?

Ich glaube, nein.

Also alles, alles gelogen?

Ich hatte dich einmal sehr lieb –, aber jetzt – sie zuckte die Achseln und schnippte mit den Fingern.

Schämst du dich nicht?

Muß es gleich sein?

Du liebst mich doch noch! Du weißt es nur nicht! Das ist garnicht anders möglich! Das kann, das darf garnicht anders sein! Du täuschst dich hier über dich selbst! Du weißt nicht, was du sagst! Du bist nicht bei Sinnen! Du bist garnicht du! Du bist noch betrunken! O mein liebes Lieb – –

Hier begann ich zu bitten, zu betteln, bis sie nachdenklich wurde und mir versprach, am Nachmittag wieder zu kommen. –

Sei ruhig, liebes Herz! Sie war nur betrunken, sie wird sich wieder zurückfinden. Wäre es doch erst Fünf! Weswegen habe ich sie denn jetzt nur gehen lassen? Nur ruhig! ruhig! –

Als sie nicht kam, rannte ich im Trab durch die Hafengassen zu ihrer Wohnung und schickte einen Jungen hinauf. Sie war nicht zu Hause. Da rannte ich im Trab – Herrgott! wenn sie inzwischen bei mir gewesen ist! – zurück. Es regnete damals, glaube ich. Da sah ich jemanden durch das Dunkel und den Regen kommen, in einem wiegenden losen und etwas schlenkernden Gang. Da wartete ich auf sie vor meiner Tür und ging mit ihr auf mein Zimmer.

Hier weinte sie und legte den Kopf an meine Brust.

Vergib! Ich weiß nicht, wie das kam. Vergib mir nur, und gib acht, es wird alles wieder gut. Ich gehe jetzt nach Hause, und um Elf, wenn sie schlafen, komme ich zu dir. Dann wollen wir alles bereden.

Ich verzieh ihr und glaubte ihr, sie blieb noch eine Zeit, dann ließ ich sie gehen – weswegen ließ ich sie nur gehen? – und legte mich früh zu Bett und wartete. Ich verschränkte die Arme hinter den Kopf und lauschte dem Stieben des Regens draußen und dem leisen Summen der Lampe und sah zu, wie sich eine Spinne an ihrem Faden langsam langsam von der Decke herunter ließ, aber mein Blut strömte und brauste und gärte in mir, als wollte es mich jeden Augenblick wie einen Ballen aus den Betten schleudern. Die Uhr schlägt Elf! Da fahre ich hoch und lehne mich im Nachthemd ins Fenster, eine geschlagene Stunde, bis die Turmuhren eine nach der andern Zwölf schlagen. Noch einmal tasten meine Blicke durch das Dunkel, an den Straßenlampen vorbei, die mich aus dem Nebelregen wie große verweinte Augen anstieren, – ich schauerte vor Kälte, ich schloß das Fenster, ich ließ das Licht brennen, ich legte mich wieder hin.

Wenn man gerne weinen möchte und das salzige Naß will und will nicht kommen, dann muß man den Rücken krümmen und die Knie anziehen und nicht vergessen, die Zehen einzukrallen, dann grabe man die drei äußersten Finger jeder Hand in den Daumenballen und presse die Zähne aufeinander, besser noch, man zerreißt mit ihnen die Kissen, und spanne alle Muskeln krampfhaft an – dann pressen sich vielleicht doch drei Tränen aus den Augen.

Es mag richtig sein, daß »bei jeder lebhaften Erregung der Hirntätigkeit ein Strom von positiven oder negativen Wirkungen mittels der vegetativen und motorischen Nerven durch den ganzen Körper läuft und wir erst, indem wir von den dadurch in unserem Organismus bewirkten Veränderungen mittels der sensiblen Nerven wieder Rückwirkung erhalten, unsere eigene Gemütsbewegung empfinden«, es mag richtig sein, daß ich durch jenes bewußte krampfhafte Zusammenreißen aller Muskeln jene Veränderungen in meinem Organismus betäuben und ersticken will, – jedenfalls braucht man sich zu solchen Erregungen der Hirntätigkeit nur dreimal zu zwingen, zu zwingen durch ein unausgesprochenes kleines Wort, sechs Buchstaben nur, und sich nur dreimal zu zwingen zu diesem gewaltsamen Erstickungsversuch, und die sympathischen, motorischen und sensiblen Nerven haben es satt, und du liegst da wie ein Klumpen Blei – der plötzlich beginnt, tief, tiefer mit rasender Geschwindigkeit ins Bodenlose zu fallen – –

Am nächsten Morgen war ich wieder vor ihrer Wohnung und schickte einen Jungen hinauf. Sie war nicht zu Hause gewesen. Gott weiß, wo sie gewesen ist.

Dreimal lief ich an dem Tage zu ihrer Wohnung, im Trab durch die Hafengassen, die Straßenjungen kannten mich schon, und die Hafenarbeiter grinsten vor Hohn und viehischem Vergnügen, drei Stadttelegramme schickte ich ihr an dem Tage ins Haus, beim zweiten sah mich der aufnehmende Beamte an und lächelte, beim dritten zog er die Brauen zusammen und blickte mich argwöhnisch an – dann betrank ich mich. Zwanzig Stunden lang, und am nächsten Vormittag sah man mich geschmückt mit einem Kranz von Stechpalmblättern und Immortellen auf dem Roß eines Abfuhrwagens durch die Straßen reiten.

Und gerade in dieser Nacht hatte sie mit Steinchen, die sie an mein Fenster warf, mich zu wecken gesucht. Polizisten, denen sie sagte, sie wohne hier, hatten ihr dabei geholfen und erzählten es mir, als sie mich am nächsten Mittag wegen Unfugs zur Stadtwache bringen wollten.

Als ich das hörte, gab ich ihnen meinen Namen und fand dabei meine Taschen voll von Visitenkarten von Leuten, die ich in der Nacht angerempelt und geohrfeigt hatte, und lief zu ihrer Wohnung, und da ich sie da nicht fand, begann ich wieder zu trinken und suchte sie in allen Kneipen. Der müde Pessimist und Seelenschenker auf der Suche nach seiner verschenkten Seele! Ihre Seele wollte ich ihr wiedergeben, nun habe ich ihr meine gegeben, und trinke und suche sie von Kneipe zu Kneipe. Meine arme Seele, meinen stillen Garten, meine müde Aster, meine Möglichkeit, das Leben zu ertragen als künstlerisches Phänomen – in einem Tanzlokal fand ich sie.

Betrunken saß sie da mit einer betrunkenen Null, die mich höhnisch und doch ängstlich aus ihren kleinen Augen angrinste. Er fühlte sich seiner Beute noch nicht sicher, war höflich, o so zuckerhöflich, zu mir und ließ ihr Glas nicht leer werden. Aber ich hatte mich zu ihnen gesetzt und blieb bei ihnen und trank auf sein Wohl, ich war so klein und ratlos und feig und reichte ihr einen Brief, den ich vorher geschrieben hatte. Sie zerriß ihn, ohne ihn geöffnet zu haben, vor meinen Augen. Aber ich blieb bei ihnen und trank mit ihnen, sie sprach nicht mit mir, aber ihre Augen ruhten mit einer seltsamen Starrheit auf mir.

Dann taumelte ich heim und – krallte die Zehen und zerbiß die Kissen. *Lacrimae Christi,* das waren Tränen des Glücks und ein wohlfeiles Naß; er gab sein Leben für sein Idol, wenn es auch im Grunde sein Leben nahm und ihn verdarb, aber er war so glückhaft blind und fühlte sich stark und freute sich und genoß sich doppelt, da er es zu geben wähnte.

Und ich – es ist mir in diesen Tagen nicht der Schatten eines Gedankens gekommen, sie der »Untreue« zu zeihen – weil ich sie nicht als Einzelwesen liebte, sondern als die typische und nackte Vertreterin des eindeutigen unkomplizierten Triebs. So konnte ich ihr aus ihrer »Untreue« keinen Vorwurf machen, denn Treue ist das Festhalten und immerwährende Betonen des eigensten Selbst, und das mußte ich ihr absprechen. Sie war personifizierter Trieb, aber deswegen noch keine Persönlichkeit, als welche allein sie hätte Treue bewahren können. Sie war ihrem Triebe treu.

Ich haderte in diesen Stunden nicht mit ihr, sondern mit jenem Trieb und der unseligen Tatsache, daß in ihm mein Garten blühen mußte. Ich haderte mit der Welt und mir. –

Der wilde Schmerz, der mich hinwarf und ins Bodenlose fallen ließ wie einen Klumpen Blei, ist vorüber, aber es zittert noch in mir der Groll: warum warf mich das in eine Welt, die zu erkennen mir unmöglich ist? Und warum nimmt mir das dann den Ort, von dem aus ich sie als Bild ansehen kann?

Aber der Garten soll wieder blühen, die Abendröten sollen wieder leuchten, so sicher wie die Luft, von deren Stärke die spöttischen Schneezünglein sprachen, bezwungen werden wird. –

Am nächsten Tag trabte ich wieder durch die Hafengassen, ich weiß nicht, wie oft? Ich war nichts als fiebernder, rasender Wunsch. Lief ich nicht, so lag ich im Fenster und spähte aus, lag ich nicht im Fenster, so stürmte und tobte ich in meinem Zimmer wie ein gekäfigtes Tier. Suchte ich meine Bekannten auf, dann stieß sie mein ruhloses, bald brütendes, bald exaltiertes Wesen zurück; so fanden sie einen Grund und drückten sich – der Pöbel! Freunde – Freunde habe ich nie gehabt, ich bin nicht nach der Schablone; zu der Dirne gehöre ich, und die Dirne mag mich nicht, so wüte ich gegen mich selbst, und es ist mir, als sollte mein Leib, der mich nun schon fast dreißig Jahre getragen, schreiend in Fetzen auseinander fliegen. – Wo ist sie? Zu Hause war sie nicht, man wußte nicht, wo sie war. Am Abend erfuhr ich's. Bei einer Freundin war sie, deren Einfluß auf sie ich kannte. Blieb sie länger bei der, so war sie, auch ohne ihren neuen Kavalier, für mich verloren.

So lief ich hin zu der und erfuhr, sie sei soeben zu ihren Eltern gegangen, um sich Wäsche zu besorgen. So blieb ich und wartete. Nach einer Weile kam ihr Kavalier von gestern, nichtssagend, unfrei und dick und blond; er ging etwas gebückt und den Kopf in die Schultern gezogen, einen niedrigen Klappkragen, sie waren damals »Mode«, trug er um seinen feisten Hals, und ein Grinsen lag auf seinem schwammigen Gesicht. Ich begrüßte ihn und reichte ihm die Hand und fragte nach seinem Befinden. Er sah mich erstaunt an, und ich – wußte nicht, was ich tat. Ich hatte das dumpfe Gefühl, du machst dich unglaublich lächerlich und benimmst dich Leuten gegenüber, die du sonst mit einer Handbewegung zur Seite geschoben hättest, wie ein Kind und markloser Kastrat; aber dann kam wieder der Gedanke an sie und die unheimliche Furcht, sie zu verlieren, und wischte alles fort.

Jetzt warteten wir beide. Zum Lachen war's, er saß breitbeinig und sorglos auf dem Sofa, ich lief ruhlos von Zimmer zu Zimmer und redete vom Wetter.

Als sie kam, sah sie mich groß an, setzte sich der blonden Null auf den Schoß und tätschelte und küßte sein rundes Gesicht. Ich sah zu. Dann ging ich zu der Freundin in ein Nebenzimmer und redete, ich weiß nicht, was?

Mein Herr, tun Sie, was Sie nicht lassen können.

Ich habe ihr wahrscheinlich von Giften und Pistolen geredet. Als ich in das erste Zimmer zurücktrat, ging Claire heraus und tuschelte mit der anderen nebenan. Dann kamen sie beide zurück, sie setzte sich wieder der Null auf den Schoß und küßte sein Mondgesicht, und die Freundin höhnte mich fort. –

Dann darf ich wohl Adieu sagen?

Bitte.

Die Null machte eine tiefe Verbeugung, die Freundin grinste, wie nur ein schadenfrohes Weib grinsen kann, und sie sah mich starr aus großen blauen Augen an.

Kein Zweifel, sie war noch betrunken. Betrank sie sich mit Absicht, oder wurde sie mit Absicht betrunken gemacht?

Ich aber torkelte wie ein Trunkener heim und lief und rannte und hastete ruhlos, sinnlos in meinen Zimmern. Und die Nacht? Ich weiß nicht, wie ich sie überwand. Vielleicht betrank ich mich, vielleicht krümmte ich meinen Rücken und spannte alle Muskeln krampfhaft an, vielleicht bat ich auch ihre Schwester, ein gutes Wort für mich zu reden. Vielleicht auch tat ich dieses alles zusammen und hing über dem Nichts. –

Das schneit und stöbert wieder den ganzen Tag, der Wind ist nach Norden zurück gesprungen und bläst nun wie ein Frostriese in den stiebenden Schnee. Ich gehe ihm entgegen und freue mich, wie er mit seinen leise singenden Kristallen meine Haut peitscht. Oben auf einem Hügel bin ich gestanden, der da verschneit aus verschneiten Feldern ragt, rund und weiß wie eine volle Frauenbrust. Hier rüttelte und riß die Luft auf ihrer brausenden Fahrt vom Pol zum Süd an mir, als wollte sie mich aufnehmen und mit fliegendem Mantel in die verschlafenen Felder tragen.

Aber ich meistere dich doch! Gerade du, die du mich jetzt in zorniger Wut umfegst, sollst mir Sklave sein, meinen Lenz und Garten zu bauen. – O, ich sehe sie in einem Zimmer, wohin sie nicht gehört, es ist Morgens gegen Elf, da kämmt sie ihr blondes Haar oder breitet über den liebesmüden Liebsten, zu dem sie nicht gehört, die Decken und spreitet und glättet sie.

Aber braust nur und tobt und lächelt und glättet, ich zwinge euch doch!

Dann zog ich mein Notizbuch hervor und schrieb, während meine Augen zeitweise vom Schnee verklebt waren und ich ihn entfernen mußte, und dem Sturm prüfend in die Augen sah, wie er Wolke auf Wolke gegen mich schickte:

Der Behälter, in den das Wasser aus dem Steigrohr fällt, besteht aus zwei Teilen, die durch ein Rohr, in welchem zwei Kugelventile lagern, verbunden sind.

Im oberen Teil ist eine Druckpumpe angebracht, an deren kürzerem Hebelarm ein Kolben in dem in den unteren Behälterteil hineinragenden Pumpenrohr hängt, und dessen Gewicht allein genügt, um das Wasser aus dem unteren Raum gegen den auf der Ausstoßöffnung liegenden Druck heraus zu pressen.

Auf dem anderen mehrere Male längeren Hebelarm befindet sich ein Auffanggefäß für das aus dem Steigrohr stürzende Wasser, so, daß das Gewicht des aufgefangenen Wassers multipliziert mit der Länge des Hebelarmes gleich dem Gewicht des Druckkolbens multipliziert mit der Länge seines Hebelarmes ist.

Bei weiterem Zufluß sinkt das Auffanggefäß unter die Gleichgewichtslage und hebt den Kolben, bis bei einem gewissen Tiefpunkt die

Wände des Gefäßes sich automatisch öffnen und das aufgesammelte Wasser entlassen, das erleichterte Gefäß hochschnellt und gleichzeitig der niederfallende Kolben mit seinem Gewicht das im unteren Raum befindliche Wasser, das die Kugelventile hindern, in den oberen Behälterteil zu dringen, wieder durch ein Ventil in einen Nebenbehälter preßt, aus dem es ein Heber entfernt.

Während der Kolben von dem sich in dem Auffanggefäß wieder ansammelnden Wasser gehoben wird, strömt das in dem oberen befindliche Wasser durch die Ventilöffnungen des Verbindungsrohres in den unteren Behälterteil.

Der Kreislauf ist geschlossen. Die Luft ist bemeistert, und die Macht kommt zu mir. Einen Niagara bau ich an jedem Ort.

Da brüllte der Wind und faßte mich und hob mich und hüllte mich in eine stiebende Wolke Schnees und warf mich herab von der weißen Hügel-Frauenbrust. Und der Schnee, der mich in kompakten heulenden Massen heimbegleitete, höhnte mir zu:

Das Dings, mit dem du uns meistern willst, ist nur ein Gedankending, ein Bild und Wunsch.

Ich bau ein Modell.

So? spottete der Wind, blendete mich mit seinem stäubenden Schnee und trieb mich blindlings durch rostbraune Gageln und Heckenrosen, durch wirr verfilztes Kreuzdorngestrüpp und langfingrige Holunderbüsche und ihr dürres vorjähriges Hopfen- und Winden- und zähes Waldrebengeschlinge tiefer und tiefer in raschelndes Schilf. Da verblaßte das Bild des Niagara an jedem Ort, und mein Garten schwand, und triumphierend brüllte der Schneesturm über mir, der ich starr und ratlos in dem gespenstischen Klingeln des braunen Rohres stand.

Dort hinten, hinter den peitschenschlanken Binsen, wo im Sommer die Mummeln und Seerosen blühen – nun, warum denn nicht? Der See ist tief und plaudert nicht und sein Eis einen Strohhalm stark – nun, warum denn nicht?

Aber ich riß mich fort und ging und lief und arbeitete mich eilends zurück durch das jetzt unheimlich klingelnde Schilf und durch die Gageln und widerspenstigen Heckenrosen.

Und als ich wieder auf meinem Zimmer saß und meine Zeichnungen betrachtete und in ihren Briefen blätterte, und dann meiner Flucht gedachte, die mich in dieses Nebelland verschlagen hat, verzweifelte ich an allem und sah todmüde zu, wie draußen der Schnee die zum Überwintern umgebogenen Rosen begrub.

Weswegen bin ich nicht zu den Mummeln und Seerosen gegangen! –

Aber wenn der Garten verblaßt und das Ziel mich nicht mehr selber treibt, soll etwas Anderes auf meinem Rücken die hurtige Peitsche schlagen. Ich grabe nicht umsonst in meiner Erinnerung, ich bohre nicht zwecklos in meiner Wunde.

In den drei folgenden Tagen lief ich vergeblich durch die Hafengassen und suchte Tanzlokale und Schenken ab. Sie blieb verschwunden. Und zu der Freundin, bei der sie wahrscheinlich Tags über steckte, wagte ich mich nicht hin. Ich trieb mich wahllos umher, planlos, seelenlos. Eines Tages bändelte ich mit einer Dirne an und nahm sie mit auf meine Wohnung. Aber als sie anfing zärtlich zu werden, warf ich sie auf die Straße.

Ich war nun von allen Mitteln entblößt, ich konnte es aber nicht über mich bringen, die Stadt zu verlassen. Schickte man mir Reisegeld, so vertrank ich es in einer Nacht; und sonst wußte ich mir auf andere Weise Geld zu verschaffen. In den Augen der Welt, was man so Welt nennt, war ich ein moralischer Lump; in meinen nichts als ein elender Stümper. Ich hatte eben den Halt verloren und ward nun auch in dieser Beziehung zum Blatt im Orkan.

Wäre ich damals zum Totschläger geworden, um sie mir, wenn auch nur für Stunden, wiederzugewinnen, ich hatte ja! zu mir gesagt. Aber was ich jetzt tat, hatte keinen Sinn und führte zu nichts, das machte mich klein und häßlich und »schlecht« und entfernte mich damit nur mehr von ihr und meinem Ziel.

Auf das einzig Richtige jedoch, auf das, was so nahe lag und das jeder Knecht und Straßenfeger getan hätte, ihrem Geliebten die Faust unter die Augen zu halten: du oder ich! – darauf kam ich nicht. Und es war nicht Feigheit, was mich davon abhielt. Es war das ratlose, tatlose Staunen und Starrwerden, das uns vor dem unerwartet Unabänderlichen ergreift. Wir fragen nicht einmal: wie kam das? wie konnte das kommen? wir staunen es an und sind starr und stumm.

Dieses plumpe Wegangeln eines betrunkenen Mädchens eine eherne Tatsache und etwas Unabänderliches und Hände-Lähmendes? Nicht für alle, aber für mich. Nun, das versteht sich wohl von selbst, du Narr! Denn ich bin zu sehr Gedankenmensch, trotzdem ich den Gedanken hasse; es fließt zu viel Hamletblut in mir, und mein Handeln kommt spät. Und besonders spät mußte es hier kommen, weil ich als denkender und nicht als im reinen Sinne liebender Mensch dieser – Liebestatsache gegenüber trat. Hätte ich *nur* geliebt, so hätte die Liebe schon, ohne daß ich überlegte und wollte, mich, über mich hinweg, zu Taten fortgerissen. Und ich hätte dir dann nicht wünschen mögen, mein Bürschchen, mir unter die Finger zu kommen! –

Und plötzlich einbrechenden ehernen Tatsachen gegenüber bleibt als einziges dem bangen Herdenvieh und der ratlosen Masse der Glaube, eine noch stärkere eherne Tatsache durch Bitten zu ihrem Beistand zwingen zu können.

Und ich – konnte nicht warten, bis die Starrheit in mir nachließ und mir Raum zu Fragen und Überlegungen gab, ich sank hinab in diese Masse:

Ich habe in einer dieser Nächte gebetet.

Gib mir ihre Liebe wieder, und ich glaube fortan an dich.

Das war das Blatt im Orkan katexochen, das war intellektuelle und moralische Verkommenheit, das war seelischer Bankerott.

Und als ich das erkannte, wuchs mir der Preis meines Gartens – o meines stillen Gartens! – riesengroß.

Und fragst du mich hier, du neugieriger Leser, dem der, Gott mag wissen welcher, Zufall dieses Blatt in die Hände gespielt hat – aber faß es vorsichtig an, es ist mein blutiges Blut, meine nackte Seele! –: was stellte deinen Garten dar, bevor dich dieses Dirnchen liebte?

Da war mein Rausch und Garten, in den ich flüchtete vor dem Zwiespalt meiner Welt, der Glaube an die endliche Erkennbarkeit dieser Welt. Der aber schwand.

Denn – ich verbessere mein Wort von damals, wo der müde Wind unter den leichenfahlen Wolken taumelte und die Maschinengewehre unaufhörlich ihre feurigen Zungen in die Nacht spukten: auch jenes Verfolgen der feinsten Fäden der Kausalität, auch die pure allerobjektivste Wissenschaft ist Rausch, denn sie glaubt.

Der rauschlose Mensch, der freie Mensch, wie er sich gehört, ist der, der der Unerklärbarkeit und vollkommenen Haltlosigkeit lachend ins Auge sieht, der sie keinen Augenblick vergißt, der ihr zum Trotz lebt, der in uferlosen Meeren mit Freuden schwimmt, der keines Ruheortes für sein kurzes Sonnendasein, der keines Glückes bedarf, es müßte denn gerade sein Trotz und sein Wandern auf Eis sein Glück sein. Aber er nennt es nicht Glück, er ist zu stolz, man verschwendet ihm dieses Wort auf zu Vieles, und er verachtet Abendröten und Astern und blaue Veilchenglücke. Er sagt: gebt mir noch uferlosere Meere, noch kälteres Eis. – In sein Auge möchte ich sehen, aber wo gäbe es solchen – Herrn der Welt?

Wie würde er höhnen über das violette Glück meiner vegetativen Seele, das sich in windstille Gräben und Winkel drückt! Wie würde er es mit seinen Füßen beiseite stoßen und mit seinen Augen nach Firneneis und Gletschern suchen!

Ich mache mich schon so klein und werde vor mir kleiner mit jedem Tag. Aber das ist einmal die Peitsche, die mich treiben soll – ich will wenigstens das blaue Veilchen sein und nicht untergehen und verschwinden im Volk der Gräser und in Rübenfeldern – und zum andern, das ist, wie wenn ein Pilot sein Flugzeug zerlegt, um den Fehler zu finden, der ihn vorzeitig zur Erde brachte.

Ich mache noch einen Flug und mitten in die Abendglut hinein. –

Da kam sie eines Mittags zu mir; ich weiß nicht, ob auf Zureden ihrer Schwester oder bestimmt durch einen Brief von mir, die ich ihr täglich ins Haus schickte. Ich war in den Tagen abgemagert und sah wüst und verkommen aus. Sie ist frisch und unbekümmert wie stets. Wann sieht eine liebende Frau auch wohl schlecht aus? Das Leben ist schön, daran ist garnicht zu deuten, nur darf man eben nicht selber drin stecken, oder muß – über ihm schweben; doch das ist mir eben versagt. Ich muß, in seinem Angelpunkt sitzend, mich selber erst vergessen und verlieren, um seine Schönheit überhaupt bemerken zu können. –

Ich komme, um dir Adieu zu sagen. Wir wollen als Freunde auseinander gehen.

Als Freunde? Hahaha! Als Freunde! Du mein Freund? Laß dich nicht auslachen! – Aber sei wieder mein Lieb! O Claire, laß dich bestimmen, komm zur Vernunft! Denk doch einmal über dich nach!

Was ist da viel nachzudenken? Nein, wir müssen uns trennen, es muß sein! Es ist etwas geschehn – – ich könnte, auch wenn ich wollte, nicht mehr zu dir zurück.

Ich habe dir immer noch verziehn.

Du warst eben viel zu gut zu mir.

Da begann ich zu bitten, zu betteln, zu betteln wie ein Hund; und erzählte von der haltlosen Welt und dem Chaos in mir. –

Du Armer! wie kann man nur? Es gibt doch so viele Weiber, und sie laufen dir nach. Warum denn gerade mich? So 'n dummes Mädchen!

Da begann ich die Schleusen meiner Beredsamkeit aufzuziehen wie ein sich eine fette Pfründe erpredigender Pfaff – –

Aber es ist doch etwas geschehen! Ich kann und darf es dir nicht sagen – –: wir dürfen nie, nie mehr so ganz zusammen sein. Und – ich hab ihn auch gerne!

Und dieser Mensch –?

Er sagte es mir auch gleich nachher. Er hat mich doch so lieb.

O du kleines Schaf! Das hat er nur gesagt! Gesagt, um dich an sich zu binden.

Meinst du? Nein, nein! Es ist so. –

Und deine Briefe? Deine tausend Beteuerungen? Dein ganzes – Glück und neues Leben, von dem du mir immer schriebst?

Ja, jetzt liebe ich doch ihn!

Wenn du so fortfährst, bist du bald wieder auf der Straße.

Du! ich bin ihm treu; geradeso wie ich dir treu war.

O, so wirst du noch dem Hundertsten treu sein!

Aber ich kann doch nicht anders! Es tut mir selber oft leid, daß ich so sein muß. Ich – muß zu ihm. Du – und er hat mich auch so lieb. Herzchen sagt er. Sieh, das ist eine Locke von ihm. O komm, komm, es ist Zeit! Laß mich gehn. Und zu den Andern sagen wir einfach, wir hätten uns beide erzürnt. Nicht? Komm!

Da versuchte ich, sie zu küssen und begleitete sie dann nach der Wohnung ihres neuen Geliebten. Vor seiner Tür verabschiedete ich mich von ihr. –

Mannrausch nannten unsere Alten das Weib; die Verführerin zum Mit-Füßen-Treten jeder Distanz, zur Selbsterniedrigung *par excellence* nenn ich's.

Und doch ist dieses Kriechen im Kot die Hyperbel aller Weltbejahung. Ein famoses Leben, das sich so bejaht und weiter führt!

Ich verneine das Leben und doch benutze ich die Liebe, die Bejaherin des Lebens, dazu, um mir das Leben erträgbar zu machen. Darin steckt der tragische Knoten! Und ist das Leben denn überhaupt wert, daß wir nach seiner Ertragbarkeit streben? – Doch das sind törichte Worte.

Aber wie löse ich jenen Knoten? Ich müßte mich zwingen, sie so zu lieben, wie sie mich liebte. Aber dadurch würde ich das Leben bejahen und – sieh! *will* ich vielleicht das Leben verneinen? *will* ich es als unerklärbar sehn? *will* ich im Haltlosen hängen? – –

Ich frage nicht weiter, das könnte mich zu bösen Schlüssen führen. Ich lasse die Hand davon. –

Ich bin über den Stadtwall gegangen, wo ich zuweilen an Sommerabenden mit ihr ging; nun bin ich zurückgekehrt und sitze auf meinem Zimmer, in dem noch das Parfüm liegt, das sie mit einem Mal in diesen Tagen trug; und mein Geburtstag ist just. Sieh! kam sie deswegen zu mir?

Aber ich will mir eine kleine Feier machen. Ich will mich ein wenig mit mir unterhalten. Und weswegen sollen es nicht einmal Verse sein? – –

Aber das sind ineinander gefilzte und sich jagende Gedanken; das sind mir zu viel Interpunktionen, die klettern mir an ihren Fragezeichen in zu krause Labyrinthe. Das sind mir miserable Verse.

Merkwürdig, wenn mich das einmal packt was sich Denken heißt, dann läßt mich das nicht mehr los, und ich grabe mich wie ein Maulwurf ein.

Gewiß; er ist ein griesgrämiger Gesell und mag die Sonne nicht sehn. Das Volk sagt, er ist blind, und es hat so unrecht nicht.

Und ebenso merkwürdig ist es, daß mich das stets zu Schlüssen führt, die mich verkleinern.

Gewiß; vielleicht die Verzweiflung um der Verzweiflung willen, oder das Machtgefühl und der wohlfeile Selbstgenuß, auf Trümmern zu stehen.

So?

Gewiß; vielleicht auch die letzten Folgerungen der Begriffe selbst, die zu einer Zeit geschaffen wurden, die mit der deinigen wenig gemein hat, und die jetzt, aus irgend einem Grunde schärfer angefaßt und zu Ende gedacht, sich in Nichts auflösen. Und du fühlst dich verkleinert, weil du den Gefühlswert, der ihnen anhing, nicht mit überwinden konntest.

Und du meinst, in diesem Gefühlswert liegt eine Bejahung?

Gewiß. Aber lassen wir das. Du zählst heute siebenundzwanzig Jahr; ein Fazit wollen wir nicht ziehen – es soll ja eine Geburtstagsfeier sein – und in die Zukunft wollen wir auch nicht sehen – es soll ja eine Feier sein –: wir wollen von einem echten Geburtstagsthema plaudern, von der Ewigen Wiederkehr.

Ich beginne, an ihr zu zweifeln.

Gelt? ein verschämter Wunsch?

Sie ist nur als Lehre und Erziehungsmittel, als metaphysische Grundlage eines Wertsystems von ihrem Lehrer aufgenommen und neu gepredigt.

Gewiß.

Und wenn letzten Endes sich alle Bewegung in Wärme verwandelt, so ist es unzweifelhaft, daß schließlich die Kälte des Raumes sie frißt. Woher sollte der neue Anstoß kommen?

Gewiß.

Und wäre sie auch die Wahrheit an sich, sie bliebe immer eine menschliche Wahrheit. Wir könnten mit der gleichen Berechtigung das Gegenteil vermuten –

Gewiß; und wenn wir unsere Vermutung nur glauben, auch beweisen; meinst du.

So meinte ich's; wir Wortanbeter und Tagsgespenster, deren Geist nichts als ein grundsuchender Anker ist.

Nun, dann ziehe den Schluß und durchhaue den Knoten, den du dir da aus Liebe und Verneinen geschlungen hast.

Gib mir Zeit! Einmal noch möchte ich in meinem Garten stehen. Gib mir ein viertel, ein halbes Jahr Zeit und dann – dann soll mir kein Gemsenjäger oder Osterglockengeläute hindernd in den Weg treten.

So? Und wenn du dann so faul und weich mitten in deinem Garten liegst?

Vielleicht – vielleicht auch dann. Aber einmal noch möcht ich die herbstende Welt sehn. Laß mir die Hoffnung. Es ist ja mein Geburtstag just. –

Ich verlobe mich mit ihr! Ich schreibe ihr, ich biete ihr meine Hand! Ich heirate sie, ich gehe noch heute mit ihr aufs Standesamt und, wenn sie will, mache ich den Mummenschanz mit und lasse mich mit ihr trauen!

Und ich schrieb den Brief. –

Und es liegt nicht an mir, daß ich zur Stunde nicht Hausvater und Winkeladvokat bin, sondern in einsamen Nächten versuche, in meiner heiligen Narrenseele zu lesen, und nebenbei die Luft bezwinge. Aber es ist gut, daß es so kam. Denn ich war im Begriff, eine Sünde wider den heiligen Geist zu begehen. Denn jetzt begehrte ich nicht ihre Liebe, welche für mich den Rausch darstellte, sondern ihren gesetzlich bestätigten körperlichen Besitz. Geblendet und betäubt durch die Furcht, sie zu verlieren, griff ich nach etwas, was sie gar nicht war. Ich wollte den Trieb und griff nach einer menschlichen Klausel, ich wollte heiße, mich wie eine wilde Welle überstürzende Liebe und rief jene Institution zu Hilfe, die ich, der preußische Referendar, nicht genug zu verachten weiß, die menschliche Gerichtsbarkeit.

Ich habe mir nicht vorgesungen und vorgelogen, daß mit der Zeit ihre Liebe wieder erwachen würde; ich wußte zu gut, daß die jenem Bleichgesicht nachflattern würde, aber in der Verzweiflung ward ich zum Betrüger gegen mich selbst.

Ich hätte sie gewiß auf Händen getragen und wäre aus Sorge für sie zur unheimlichen Winkelspinne geworden, die den verschämten Klienten, die sich in ihre Höhle wagten, den letzten roten Heller aus der Tasche gezogen hätte. Aber ob ich ihr liebes Spielzeug, ihr Eigentum und Ding wieder geworden wäre?

Und daß sie sich nicht fortwarf, daß sie meine Hand, die tausende ihrer und nicht nur ihrer Art mit Freuden ergriffen hätten, ausschlug, beweist, daß sie der Trieb und die Welle war, als welche ich sie liebte.

Nun muß ich warten, bis sie den Felsen, den sie jetzt umschäumt, zermürbt hat, und werde dann vor sie treten als ein Neuer, als einer der die Luft bezwungen hat und in seinen Händen die stoffgewordene Macht trägt, das Geld.

Denn als Schwächling ging ich von ihr und ein Weib, wie ich es will, kann den nicht mehr lieben, den sie um ihre Liebe winseln sah wie einen Hund.

Fange ich nicht allmählich an, auch dieser Episode meines taumelnden Lebens dankbar zu sein? Fange ich nicht allmählich an, zu gestehen: es ist gut, daß alles so gekommen ist? Denn blickte ich nicht tief hinein in mich? fand ich nicht fest und klar umrandet den Ort, auf dem allein mein Glück blühen kann? wuchs nicht in mir die Kraft, schnurstracks und unbeirrt auf mein Ziel zu gehen? und – bezwang ich nicht die Luft?

Sehe ich nicht wieder, daß nur der Schmerz der Freund des Menschen ist? Oh mein närrisches, zerrissenes und immer wieder verharschtes heiliges Herz, halte fest an dich und gehe deinen Weg! –

An diesem Abend blieb ich zu Hause und ging früh zu Bett. Eine kleine Ruhe war über mich gekommen, ein kleiner Hoffnungsschimmer schien und die Starrheit wich. Und jetzt drängten sich die Fragen hoch nach den Ursachen des Ereignisses, das uns so unerwartet überfallen hatte.

Wie kam es, daß sie jenen lieben und mich verlassen mußte? Verließ sie mich, weil sie ihn liebte, oder liebte sie ihn, weil sie mich verlassen konnte?

Mit großen Flügeln flatterte wieder die Einsamkeit über mir und die Nacht, die draußen unter den Geißelhieben des Windes stöhnte, und das Licht, das träumerisch singend auf meinem Nachttisch stand, erbarmten sich meiner und sprachen mit mir und halfen mir –:

Sieh, du bist niemals eifersüchtig gewesen. Begann jemand, den du liebtest, einen Anderen zu lieben, so hieltest du es für eine Dummheit, deswegen jenem Anderen zu grollen. Und für ebenso dumm hieltest du es, ihm zu zürnen, wenn er den von dir geliebten Gegenstand sich gewinnen wollte.

Weil ich dann der ganzen Welt hätte zürnen müssen, in deren Verknüpfung von Ursachen und Wirkungen, oder in deren Bedingtheiten und Funktionen es lag, daß er ihn zu gewinnen suchen mußte. Und ich würde auch durch das Interesse, das ich ihm mit meinem Argwohn und Zorn gewidmet hätte, sein unfreiwilliger Bundesgenosse gegen mich geworden sein.

Und für ebenso sinnlos hieltest du es, deiner Geliebten gram zu sein, wenn sie begann, einen Anderen zu lieben.

Dann schloß er nämlich so: sie ist jetzt nicht mehr die, als welche ich sie liebte. Ich liebte sie als die mich Liebende; nun aber müßte mir eigentlich ihre neue Liebe und damit sie selber gleichgültig sein.

Aber jedes liebende Weib verlangt die Eifersucht, riefen mir beide *unisono* zu.

Und ihr seht, daß ich nicht eifersüchtig sein kann.

Sieh! das ist wieder eine Verhedderung, die aus dem Knoten folgt, den du dir knüpftest aus Liebe und Verneinen, aus Denken und Gefühl.

Darum sah ich es nie, wenn sie neben mir mit dem und jenem kokettierte.

Außer, wenn du zu viel getrunken hattest.

Wenn der Alkohol deine Überlegung eingeschläfert hatte, liebtest du wie der Pöbel.

Dann liebte er geschlechtlich und da erwachte die Eifersucht.

So ließest du es geschehen, daß sie an dem Abend, da du aus Kiel kamst, mit jenem Mondgesicht, das da irgendwo vor seinem Bierkrug kauerte, Blicke tauschte. Du fühltest dich ja so sicher.

Und in jenen Tagen, wo er sagte er ging seine arme Seele suchen und sich betrank, hat jener Andere irgendwo seine Liebste getroffen und der Bursche –

mit seinem pfiffig dummen Bauerngesicht –

seinem strohgelben Haar –

und seinem fetten Bauch –

und seinem Klappkragen und mecklenburger Hals – wußte das, was ihm sonst an Anziehendem fehlte, zu ersetzen, dadurch daß er sich als den Bemitleidenswürdigen gab.

Er bestach nicht, wie du Hansnärrchen so gerne tust, er rührte sie.

Er hat sie –

die inzwischen unter dem Einfluß ihrer neidhündischen Freundinnen in jenen mißbehagten Tagen an ihrer Liebe irre ward –

gleich gefesselt, indem er ihr gestand, daß er wegen einer widrigen Sache aus seiner Verbindung gestoßen sei –

bei den Mädchen kein Glück habe und von seinen Freunden gemieden werde –

und nun völlig einsam dastände.

Einsam! riefen wir da im Chor, als ob Einsamkeit verscheucht werden könnte, wenn man Menschen um sich sammelt! Einsamkeit – rühre uns keiner mit profanen Händen an dieses Wort! Der meisten Einsamkeit ist Langeweile.

Dann hat er sie betrunken gemacht und mit sich genommen –

und ihr am anderen Morgen gebeichtet, er sei krank und durchseucht.

Aber nur seine große Liebe habe ihn verleitet, sich so weit zu vergessen.

Das war alles so pöbelhaft plump und so maßlos gemein –

aber für ein Mädchen wie sie ebenso maßlos interessant.

Denn weißt du, »man rühmt das Mitleid als die Tugend der Freudenmädchen.«

Und weißt du, mit der Möglichkeit, Mitleid zu üben, gab er ihr schneller eine Seele als du, du Seelenschenker!

O wie war er rührend interessant!

Und ich war zu schwach, dieses Interesse, das er ihr eingeflößt hatte, zu übertrumpfen.

Hättest du diesen miserablen Lumpen mit Fußtritten bedacht und wärst dadurch als der Stärkere und noch Interessantere und wieder Neue vor sie getreten, so wäre sie dir selig in die Arme gefallen.

Er erregte ihr Interesse und deine Schwäche war schuld, daß dieses Interesse zur Liebe ward.

Und erst recht zur Liebe ward, wo er routinierter Weise ihr die Wahl gab zwischen sich und dir; dir, der um ihre Liebe bettelte und winselte, und ihm, der trotz seiner Liebe und Verlassenheit zurücktreten und auf den Genuß verzichten wollte, denn – du hättest sie ja so lieb.

So liebte sie ihn also, weil sie mich verlassen konnte.

So ist's. Er war der neue Fels. – –

Da schwiegen wir drei, eine Turmuhr schlug und ein Schiff heulte im Hafen. Dann ward es still, gespensterhaft still – mit einem Schreck fuhr ich hoch – da begann wieder die Nacht zu stöhnen und träumerisch summte das Licht. –

Aber blieben denn gar keine Erinnerungen und Mahnungen in ihr?

Die machte sie schweigen durch den Gedanken des Mitleids. Sie sagte sich: ich will dem armen Verstoßenen Stütze und Trost sein –

er hat so wenig Glück bei den Mädchen und dir laufen die Weiber ja nach.

Und er?

Alles Berechnung! Alles Manöver! –

Aber hatte nicht vielleicht auch er ein Bedürfnis nach Rausch? War er nicht vielleicht auch ein Sucher nach stillen Gärten? Dann müßte ich dem glücklicheren Leidensbruder, der sich in allem Wirrwarr und Rätselsturm die unangekränkelte Freiheit und skrupellose Rigorosität des Handelns bewahrt hätte, die Hand drücken und still beiseite gehen. Aber Gerechtigkeit um jeden Preis –

das ist auch ein *Vaccinium*trank, und zwar recht vulgärer Art.

Nein, der Garten, den sie für mich darstellte, war sie nicht für ihn. Dazu war er –

zu dumm.

Sein Rausch lag da, wo Pöbelrausche liegen, als da sind –

Liebe, Gott und Vaterland –

Bildung und Bier –

und anderes mehr –

und vieles andere mehr.

Er war aus seinem Kreis gestoßen –

und zwar aus dem gleichen Grund, weswegen du ihn hättest mit Fußtritten bedenken sollen –

nun gewann er sich mit diesem Grund ein neues Weib! –

und suchte bei ihr nichts als Unterhaltung und Vergessenheit. Aber nicht Vergessenheit, wie ein ruhloses Gespenst sie sucht, nicht Flucht und Rettung aus einem uferlosen Meer –

nein, dieser perfide Hohlkopf = Hohltopf war kein Blatt im Orkan. Ein trauriges Resultat, das wir zu dreien hier finden.

Aber wenn du nicht lieben kannst, wie der Pöbel liebt, mit Wut und Eifersucht, so laß die Hand davon! trommelte der Regen an die Scheiben und höhnte die stürmische Nacht und glotzte mich aus vergrämten Augen an.

Aber ich brauche diese Liebe und – kann sie nicht halten. Der plumpste Tölpel, der schmutzigste Idiot stiehlt sie mir und ich stehe dabei –

und bitte: gib mir sie wieder!

und frage: wie kam es, daß du sie mir nehmen konntest?

und finde: sie ging zu ihm, weil sie zu ihm gehen mußte.

Eine wohlfeile Weisheit! lachte die Nacht und klatschte mit einem Regenguß gegen das Glas.

Da löschte ich das Licht und wühlte mich in die Kissen und hörte noch, wie die Nacht vor dem Fenster flüsterte:

Und ist dein Rettungsplan für dich nicht ebenso perfid, wie der, mit dem sich jener bleiche Lump deinen Garten stahl? Du rechnest darauf, sie sei auch nicht frei von der kalten Berechnung und Hochschätzung fauler Bequemlichkeit, die ihr euren Weibern angezüchtet habt? Du hältst dich an dieses Ankertau? Gib acht, es reißt! Sie wird schon der Advokatenfrau die Geliebte eines interessanten und skrupellosen Ausgewiesenen, eines dummpfiffigen Lumpen vorziehen. Gib acht!

Da fuhr ein heulender Schrei durch die Nacht, über die Dächer an den Türmen vorbei durch den Sturm und Regen und die glotzende Dunkelheit, fuhr dreimal laut um die Stadt, um hoch über ihr in einem schmerzlichen Wimmern und Winseln zu enden. –

Am Vormittag kam ihre Schwester zu mir –:

Sie ist zu Hause! Geh hin, aber mach schnell, daß du sie triffst, und laß sie dann nicht los. Wenn sie den Anderen wieder sieht, ist alles aus.

Da kleidete ich mich eilends an und lief durch die Hafengassen.

Ihre Mutter öffnete mir.

Verzeihen Sie, daß ich so bei Ihnen hereinstürme! Sie wissen, weswegen ich komme? Haben Sie den Brief gelesen, den ich Ihrer Tochter schrieb?

Ja, aber – –

Sie meinen, meine Verwandten würden dagegen sein? Das wird sich schon machen! Doch! Doch! Das geht! Geben Sie mir Ihre Tochter! Sie soll es gut haben! Wo ist Claire?

Sie zieht sich an.

O sagen Sie ihr, sie soll schnell machen! Ich muß sie sehen! Und das andere – das geht! Das geht bestimmt! O glauben Sie mir doch!

Da sah sie mich mit einem merkwürdig klugen und bedauernden Blick an und ging in ein Nebenzimmer und ich hörte, wie sie drinnen mit Claire sprach.

Wird sie? wird sie nicht? Sie wird! sie wird! Du Narr, sie wird dich auslachen! –

Nach einer Weile kam sie, nachlässig angekleidet, im Unterrock und mit offenem Haar, über die Schultern und bloßen Arme hatte sie ein Tuch geworfen. Ihr Gesicht war gelblich und bleich, graublaue Schatten lagen unter den Augen und die obern Fingerglieder ihrer linken Hand waren nußbraun vom Zigarettenrauchen.

Claire!

'n Tag.

Sie lächelte und setzte sich auf das Sofa, ich saß auf einem Stuhl nebenan und wollte ihre Hand ergreifen.

Bitte, nicht anfassen.

Hast du meinen Brief gelesen? Und was sagst du darauf?

Sie lächelte wieder und schüttelte den Kopf.

Claire, willst du nicht meine Frau sein? Stoß dein Glück doch nicht mit Füßen fort!

So? lachte sie und stieß einen Gummiball, der auf dem Boden lag, mit dem Fuß fort.

Nein, nichts zu machen. Und, hör mal, du mußt nun aufhören mit solchen Sachen. Es wird Zeit, daß du an zu arbeiten fängst.

Bist du verrückt?

Du verbummelst mir sonst. Ja, sieh einmal, er ist erst drei Semester – so jung! Du, der weiß noch von nichts! Und du? Was denkst du eigentlich vom Leben? Du kannst dich doch nicht immer amüsieren.

Ich mich amüsieren?

Hast du vielleicht bis jetzt etwas anderes getan?

Herrgott! ich will ja für dich arbeiten, Tag und Nacht –

Ja, um dich mit mir amüsieren zu können. Nein nein, es ist aus. Tut mir leid.

Dann nestelte sie an einer Schnur ein Medaillon hervor, das an ihrer Brust hing, und spielte damit, indem sie es hochwarf und auffing und öffnete und den gelben Haarbüschel küßte, der darin lag.

Du, jetzt singen sie – – und sie nannte irgend einen Operettentext oder was es war und begann, ihn vor sich hin zu trällern.

Claire, denk an unseren Sommer! An Kiel! Wie kann man das nur vergessen?

Ich habe es nicht vergessen, ich werd es auch nie vergessen; aber jetzt – – nein doch! Es gibt doch tausend Weiber und ganz andere als mich.

Da hast du recht.

Aber es ist besser, Sie gehen jetzt. Es hat ja keinen Zweck.

Du weißt nicht, was du tust – aber ich fahre morgen, komm noch einmal zu mir! Heute Nachmittag, ich bitte dich.

Ja, ich komme. Adieu.

Als ich die schmale Treppe hinunterging, kam mir die grimmige Lächerlichkeit meiner verunglückten Werbung nicht zum Bewußtsein. Ich dachte überhaupt nichts, ich kam mir merkwürdig frei und leicht vor, denn – ich war wohl auf dem Wege wahnsinnig zu werden. – –

Als ich des Nachmittags an ihrer Wohnung vorüber ging, stand sie am Fenster und rief mir zu, ich möchte sie in einer Stunde bei mir erwarten.

Und als sie kam, schlang sie die Arme um meinen Hals und legte ihren Kopf auf meine Schulter.

Nein, ich darf dich nicht verlassen. Aber willst du mich jetzt noch? So wie ich jetzt bin? Deine Frau werden? Laß es, Liebling, ich mache dich unglücklich. Du hast ja nun gesehen, was für eine ich bin. Aber ich kann einmal nicht anders sein, es ist ja gräßlich, daß ich so sein muß; das ist oft so, als wäre ich garnicht ich, als risse mich etwas mit

– aber ich will auch nicht anders sein. Sieh, das war immer so; wenn ich an dich denke, dann muß ich weinen. Das war meine ganze Liebe. Mach es doch wie es alle machen; die amüsieren sich und nachher werden sie vernünftig.

Ja, mein Amüsement und Vernünftigwerden ist eben eigener Art. Mein Vernünftigwerden ist gerade der Entschluß, nie aufzuhören »mich zu amüsieren«. Ach! daß du mich nicht verstehen kannst! Aber du darfst mich ja nicht verstehen, ich will dich ja ganz so wie du bist.

Aber dann trieb mir die Hoffnung des Glücks die Worte wie die Wasser eines Springbrunnens hoch, und sie lag wieder mit träumenden Augen wie sonst an meiner Brust und küßte mich wie sonst und vergoß viel Freuden- und Reuetränen und versprach mir alles, was ich wollte, und gab alles zu und wir verabredeten, daß ich am nächsten Morgen fahren und sie mir in vier Tagen nachkommen sollte.

Aber was wird Herzchen sagen? Der weint sich tot. Du! ich muß ihn um acht Uhr treffen.

Claire!

Doch! das muß ich.

Gut, dann bereite ihn langsam vor.

Sie küßte mich und da es acht Uhr wurde, ging sie und ich war so dumm und ließ sie gehen. –

Nun bin ich wieder allein, die Nacht liegt schwarz und lauernd vor dem Fenster und die Lampe will jeden Augenblick ihren monotonen Singsang in bittere Worte verdichten.

Aber ich zünde mir eine Zigarette an, da verschwindet das beängstigende Lauern der Nacht und der monotone Singsang der Lampe ist nichts als ein glimmender, Petroleum fressender Docht.

Aber der narkotische Rauch verfliegt und nach einer Stunde packen sie mich doch:

Sollte das wirklich keine Berechnung sein? Sollte das Liebe sein aus – Mitleid?

Aus Mitleid geliebt – bis dahin fiel ich nicht, das danke ich mir. Aber es ist ein bitterer Dank.

Aber hätte ich's ihr denn wehren können? Hätte sie nicht, wenn ich diese Liebe aus Mitleid abgewiesen hätte, mich noch mehr geliebt? Und mich am Ende doch bezwungen wie die Welle den Fels?

Oder sollte sie mich doch noch lieben wie einst, ihre Reue echt und meine Überlegung von gestern und was die hämische Nacht und dies neidische Licht mir einflüsterte, Wortkram, nichts als Wortkram sein?

Am Ende wußte ich mich aus den Fragen und spinnfadenfeinen Abwägungen nicht anders zu retten, als daß ich mich an die vier Worte klammerte und sie gleich einem irrsinnigen Lamaisten, gleich einem Gebetfähnlein, das auf einer steinigen Halde ruhlos seine vier heiligen Worte in die Winde knattert, ewig wiederholte: ich habe dich lieb – *om mani padme hum!*

Das war auch ein Rauschtrank, aber einer, der nicht recht trunken macht, von ihm aus kann ich keine Abendröten bauen; aber er war von dem Tage an mein Halt, bis heute, wo ich die Luft bezwang und nun bald ausgehen werde, mir meinen echten schweren Trank zu holen – du wilde sprühende gischtende, mich weich begrabende Welle, du wirst mich schon finden, denn ich fange an, das »ich habe dich lieb« zu überwinden und wieder ein Fels zu sein! –

Nun liegen die Zeichnungen fertig vor mir, die Patentansprüche für jeden Teil, auch für den Nebenbehälter, in den die Druckpumpe das Wasser preßt und aus dem es ein Heber entfernt, sind aufgestellt; an einen Feinmechaniker wandte ich mich schon, der soll mir das Modell bauen, und dann suche ich mir Kapitalisten und Banken zu gewinnen. Und dann – halte still, mein Herz! – –

Das war heute des Morgens um Acht und totenstill. Dunst umlagerte den Himmel und Dunst lag über dem Schnee, über den das Auge streifte kaum einen Steinwurf weit. Die Stille aber, die hinter dem Dunst lauerte und ihn und mich umkrallte wie eine Schlange oder ein Ring, langte zuweilen mit der Hand hervor und stieß einen Kiefernzweig an, auf daß er eine Hand voll Schnee mit einem unterstickten dumpfen Ton und einem nachfolgenden heimlichen Rascheln fallen ließ und wir ihre Nähe nicht vergäßen.

Das war des Morgens um Acht und so totenstill wie damals, als die Einsamkeit in mein Fenster kletterte.

Die Quecksilbersäule mag einen Strich unter dem Nullpunkt gezeigt haben, aber die Luft deuchte mir warm und der Schnee reichte mir stellenweis bis zum Knie. Ich watete und watete in ihm und wollte nicht fort kommen vom Ort, meine Glieder waren wie von Blei und mein Atem ging schwer und ich wußte nicht wohin? wozu?

Ich blieb stehen, ich zeichnete mit dem Stock in den Schnee, und als ich hinsah, war's ein großes *N*; da zuckte es in meinem Arm, der Ring der Stille stieß mich wohl an, und als ich wieder hinsah, stand da ein großes NICHTS. Da legte ich mich in den Schnee, und lag so lange da, bis die Stille leise zu mir trat. Hinter dem Stamm einer Kiefer, unter der ich lag, trat sie hervor, weiß und vergrämten Gesichts und sah mich sinnend an. Dann begannen wir miteinander zu reden, müde und gleichgültig wie zwei Greise von einer fernen Zukunft reden.

Soll ich? Soll ich nicht?

Wir führten gelassen Gründe und Gegengründe vor, aber da ich gegen die drei Gründe: Das ist das Leben, das den Rausch erfordert und dir die Kraft nicht gibt, den Rausch zu halten, und weißt du denn, ob du nun trotz allem der Fels sein wirst, und wenn, wie lange du der Fels sein wirst, und weißt du denn, ob du überhaupt für sie noch der Fels sein magst und – kannst?– da ich gegen die nichts aufzuführen wußte, streckte ich mich aus und wollte die Augen schließen.

In dem Augenblick trat die Sonne aus den Dünsten, trüb und orangerot, und sah mich an. Lange sahen wir beide uns an, nachdenklich wie man vor dem Abschiednehmen nachdenklich ist.

Ich zürne dir nicht. Ich bitte dich nur, fortan mich schlafen zu lassen; hörst du, ewig schlafen zu lassen. Du mißfarbene Apfelsine. – –

Von der Kiefer, unter der ich einzuschlafen begann, fiel ein Ballen Schnee auf meine Nase. Eine Hand voll weißer kalter Kristalle, von dem frohen Gesang eines Zaunkönigs aus der Ruhe gebracht und von der Schwerkraft bewegt – diese plumpe Tatsache und elegante Formulierung des Rätsels, das hinter Allem liegt und lauert und wie ein Harlekin lacht, führte mich dem Leben zurück.

Danke ich's ihr? Dank ich's ihr nicht?

Und müde stapfte ich wieder durch den Schnee; der reichte mir stellenweise bis zum Knie. Es war so still und meine Glieder waren schwer wie Blei.

Ein Schwarm Krähen zankte sich um einen Fleischbrocken, den der Jagdaufseher zum Vergiften der Füchse ausgelegt hatte, und die Spuren der Hasen und Wiesel, die über den Weg in die Felder liefen, sahen hellrot in der orangefarbenen Sonne aus. –

Jetzt bin ich heimgekehrt und fahre in meiner Erzählung fort; es ist nicht mehr viel zu erzählen.

Ich fuhr am nächsten Tage nicht, sondern ging nach dem Mittagessen zu ihr. Ihre Schwester und deren Liebhaber waren im Zimmer, und sie stand vor dem Spiegel und machte sich fertig zum Ausgehen.

Du noch hier? Ich dachte dich schon lange fort.

Ich mußte dich noch einmal sehen. Kannst du nachher - -

Nein nein, ich habe keine Zeit.

Und gestern?

Ja ja. Ich gebe dir mein heiligstes Ehrenwort, daß ich nachkommen werde. In vier Tagen. Aber jetzt laß mich.

Da pfiff jemand unten, wie man einem Hund pfeift.

Da ist er schon!

Und ich trat mit ihr ans Fenster, und sah meinen Gartendieb und *Practicus lumpacius*, der mit verlorenen Couleurringen und Spirochäten sich ein Weib gewinnt, auf der Gasse stehen. Im schwarzen Überzieher, den Kopf zwischen die Schultern gezogen und rund und feist wie ein sorgloses Schwein, stand er da und blinzelte herauf.

Der ist doch nicht hübsch! sagte ihre Schwester.

Ich finde ihn aber hübsch!

Dann hastete sie und eilte, ohne mich eines Blickes zu würdigen, fort.

Kein Zweifel, sie »liebt« ihn.

Ich blieb noch eine Weile und sprach mit ihrer Mutter und Schwester und deren Liebhaber und ließ mir von ihnen versichern, alles für mich zu tun. Dann ging ich auch.

Und fuhr nach jenem Gehölz, wo die Schießstände sind und im Sommer das blaßgelbe Leinkraut blühte, dessen Unterlippen so rot und trotzig sind wie reiner Frauen Lippen. Ein Gartenlokal lag dort und es sollte da an dem Abend getanzt werden. So hoffte ich, sie hier noch einmal zu sehen.

Und als der Tanz begann, setzte sich ihr Geliebter auf eine Rampe, die da im Saal war, hockte dort krumm und zusammengekauert, freute sich diebisch und sah ihr aus seinen Schweinsäuglein nach, wenn sie an ihm vorübertanzte.

Als sie beide herein kamen, hatte er mich tief begrüßt, während sie mich erstaunt ansah und leicht mit dem Kopf nickte. Dann setzten sie sich so, daß sie mir den Rücken zuwandten, sie lehnte ihren Arm auf den seinen und er vergaß nicht, unaufhörlich neuen Likör für sie anfahren zu lassen.

Ich sah zu und blieb tatlos sitzen.

Noch einmal tanzte sie an mir vorbei; sie tanzt so leicht. Ich trank noch einen Blick aus ihren Augen, die mich in diesen Tagen so starr ansehen, und log mir vor, heute etwas wie Kummer in ihnen zu lesen: vergiß mich doch! ich muß ja so handeln, ich bin wie die Welle –. Dann ging ich fort und wußte: sie wird nicht kommen, denn sie kann es nicht; hier ist etwas, gegen das alles Bitten und Lieben und Wollen machtlos ist. –

Die Herbststürme waren auf dem Meer erwacht und streiften nun mit ihrem tobenden Wirbel die Küsten und holten sich das letzte braune Laub und spielten Fangball mit ihm auf den Feldern. Aus den zerrissenen Wolkenbrocken lugte der Mond und glitzerte auf den Pfützen wie Katzengold. Ich grub die Hände in die Taschen und ging fürbaß. Der Lindenweg war's, auf dem wir an jenem Juliabend gingen und sterben wollten.

An einer Weghöhe, wo der Wind gleich einem jagenden Reitergeschwader über ihn setzte, blieb ich stehen und sah ihm ins Gesicht. In dem bleichen Licht dämmerte zur Linken der Wald, wo damals der Sommer um uns duftete und der Leuchtturm von Warnemünde wie ein kleiner weißer Strich am Himmel stand. Jetzt tastete er mit seinen langen Lichtfingern über die schwarze See, die fahlen Wolken und die windzerzausten Wälder und spielte auf ihnen seine wüste Rhapsodie. –

Dröhnender setzte das Reitergeschwader an mir vorüber, Regenböen ihre flatternden Fahnen und unter ihren brausenden Hufen stoben die Blätter. Mir war's, als stöbe und rollte und flatterte ich mit, ein verdorrtes zerknittertes windzerfressenes Blatt.

Ein trübes Licht, rot und drohend, hing und zuckte über der Stadt. Das wird eine böse Nacht, die wird keinen braunen Mohnsaft auf mich gießen. –

Ich irrte noch manche Stunde in den Straßen umher, bis ich merkte, daß ich vor dem Hause ihres Geliebten stand, in dessen Zimmer bis in den Morgen das Licht brannte.

Des Vormittags um Zehn, da es leicht gefroren hatte, fuhr ich ab. –

Es war inzwischen November geworden. In einer westdeutschen Universitätsstadt schlug ich mein Heim auf und wußte in den Tagen nichts Besseres zu tun als Tag für Tag ihr zu schreiben. Viel unglaublich närrisches Zeug schrieb ich da. Und sonst sah man mich ruhlos auf den Straßen laufen oder stumpfsinnig in Cafés hocken, oder ich brütete schwermütig auf meinem Zimmer und war nichts als ein Spuk und mein Name.

Als der vierte Tag kam, wußte ich, daß er sie mir nicht bringen würde. Aber ich schmückte mein Zimmer mit Blumen und putzte sogar einen alten Schläger blank, dann erwartete ich sie zu dem Zuge, den ich ihr angegeben hatte. Sie kam nicht und auch keine Antwort kam. Ich schrieb und schrieb; in diesen Tagen hing der Wahnsinn über mir und betastete stündlich mit seinen weichen Fingern mein Haupt. – Von ihrer Schwester erfuhr ich schließlich, daß sie krank bei jener Freundin läge. So war es denn aus. Aber ich schrieb weiter, Tag um Tag, und stärkte dadurch nur ihre Liebe zu jenem Andern. Und da keine Antwort kam, schickte ich auch diesem einen Brief, in dem ich an seinen Edelmut appellierte und ihn bat, sie frei zu geben, da ich sie zu meiner Frau machen wolle.

Aber als ich mich am nächsten Morgen im Spiegel sah, kaufte ich mir eine Hundepeitsche und reiste mit dem nächsten Zug ab, um in dem Anblick der Striemen, die ich in sein Gesicht peitschen wollte, mich wieder vor mir rein zu waschen. Doch in Bremen stieg ich aus und fuhr mit dem andern Zuge, der da schon wartete, wieder zurück.

Ich sehe mich ja in diesem Handel mit den Augen an, mit denen jener Lump mich ansehen muß, und erhöhe ihn noch mehr, wenn ich mich in den seinigen rehabilitieren wollte. Der Erfolg dieses Briefes, der nichts ist als ein ratloses Flehen an ein imaginäres Ding von Edelmut, der nichts anderes ist als jenes Gebet gegenüber einer ehernen Unerbittlichkeit, und der nichts anderes ist als das Zeichen meiner völligen Zernichtung, wird nur der sein, daß ich ihre Liebe zu ihm nun zu hellen Flammen geschürt habe.

Aber als ich von dieser Fahrt heimgekehrt war, konnte ich nicht mehr mit mir allein sein, ich mußte meine Bekannten aufsuchen und des Nachts verbannte ich meine entsetzliche Einsamkeit durch das Lesen von Spukgeschichten und lasziver Literatur.

Und die Antwort auf dieses Alles war, daß mir eines Abends ein Kuvert gebracht wurde, in dem auf einem halben Briefbogen mit Bleistift wörtlich geschrieben stand:

»Möchte dich bitten, nicht mehr zu schreiben. Ich habe mich gestern so mit mein Verhältnis verkracht und möchte mich doch nicht erzürnen. So lieb du mich hattest, so unglaublich bin ich jetzt in Herrn ... verliebt. Es ist so schlecht von mir, aber ich kann nicht anders. Also unterlaß das Schreiben.«

Als ich das gelesen hatte, kniff ich die Lippen zusammen und begann, da ich das Gefühl hatte, als müßte ich jeden Augenblick aufbrüllen wie ein gequälter Stier, unaufhörlich zu trinken; aber ich ward nicht trunken, es war als hätte ich ein Viperngift eingenommen. Am nächsten Tage flüchtete ich in dieses Dorf jenseits der Hyperboreer und vergrub mich hier, während der Dezembernebel vor meinem Fenster hing und nicht rücken und weichen wollte, dieser Bauch der Schwermut. Und ward stumm wie ein Fisch und unfaßbar wie ein Gespenst. Bis der erlösende Frost und Schnee kam und mit ihnen der Gedanke, Herr zu werden über die Luft, und der Wille, wieder ein Fels zu sein. Geschrieben habe ich ihr in diesen Tagen nicht mehr; ich will den Felsen nicht weiter stärken und die Welle bei ihrer Arbeit nicht hindern. –

Zwei Monde sitz ich nun hier, und in einem Mond bezwang ich die Luft. Während ich mich selbst zerschnitt, erkannte ich mein Ziel und im Schmerz fand ich den Weg zu ihm.

Mit Wissen und Willen gehe ich nun abseits. Ich kenne nicht das, was auf den Straßen schreit, ich kenne nicht das, was von den Kathedern fließt, ich kenne nicht das, wovon die Weisheit der Welt träumt, ich kenne nicht das, was der Gedanke spinnt, was der Zweifel glaubt und der Glaube zweifelt, ich kenne nur das, was der Körper fühlt und das Auge sieht. Am Meer wollen wir wohnen, dort, wo es am reinsten ist, und dort will ich dein sein, dein süßes Spielzeug und lieber Tand. Unter einem Ölbaum in unserem Garten wollen wir sitzen und auf das Meer sehen, das noch blauer ist, als der Himmel über ihm. Des Nachts aber soll dein Haupt wieder in meiner Schulter ruhen und kein häßlicher Traum über deine kleine Seele gehn. Und leise rauscht das Meer, der Himmel wölbt sich über ihm Stern an Stern und eine weiße Möwe schwimmt zwischen Himmel und Erde –: still ist die Welt und schön wie ein Traum. –

Nun sind die ersten lauten Briefe über meine Erfindung in die Welt geschickt! Ein Mechaniker ist mit seiner Werkstatt nebenan und baut das Modell! –

Heute Mittag langten die Antworten an: das Geld liegt bereit! Die Arbeit, die widrige beginnt. Das Reden und Überlegen mit Menschen, deren Reden und Überlegen mir fremd ist, das Anstrengen und Rechnen und Tüfteln und Kombinieren, das Erwerben um des Erwerbens willen, das mir alles von Herzen widersteht. Aber im breiten Strom strömt schon die Macht zu mir, leise hör ich ihr Rauschen.

Und diese Blätter, die ich in zwei Monden schrieb, um acht böser Wochen Herr zu werden, die werden wir am Ostersonntag, wenn sie lachend und weinend in meinem Arm liegt, Bogen auf Bogen zu einem Scheiterhaufen aufbauen und mit ihnen das halbe Jahr verbrennen, das über unsere Liebe fiel wie ein Spuk und Reif. Sie sollen nicht leben bleiben, denn ich fürchte, es ist neben der Narrheit zu viel Selbstbetrugs in ihnen; sie sind wahr, wie nur ein Ding wahr sein kann, aber nur für den, der sie schrieb, und nur in den Stunden, in denen sie geschrieben sind. Schon jetzt, wenn ich in ihnen blättere, kommen sie mir vor, wie eine fremde unheimliche Welt. –

Der Januar geht, die Tage werden schon länger und unter dem Schnee lauert der Lenz – er kommt! er kommt!

Und nun die Frage, die über mich entscheiden soll und die ich bisher niederhielt, weil ich sie niederhalten mußte:

Wie ist es mit dem Rausch? Sollte die Möglichkeit, die Fragwürdigkeit der Welt zu vergessen in interesseloser Anschauung und passivem Genießen, das ist mein Rausch, wirklich für mich gebunden sein an das Bewußtsein, von einem Dirnchen geliebt zu werden, von dem ich fürchten muß, daß es mich in jeder freien Stunde betrügt?

Sollte diese Verkettung wirklich vorhanden und notwendig oder – gar nur möglich sein? Könnte da nicht eine Selbsttäuschung liegen, ein zufälliges zeitliches Zusammentreffen, das ich mir kausal gedeutet habe?

Ich will nur nach der Möglichkeit dieser Verknüpfung fragen.

Mein Wille kommt in ihr, als in dem entgegenkommenden eindeutigen Trieb, zur Ruh. Aber auch mein fragender suchender Geist?

Flüchtet auch er vor dem Vieldeutigen zu ihr? Der Geist zum Trieb? Zum Willen? Sollte er nicht vielmehr Ruhe finden in einer Formel, einem Symbol und Bild? Und sollte sie, der unzweideutige und in seinen Äußerungen doch so mannigfache und rätselhaft schillernde Trieb, für ihn ein Symbol sein?

Ein Symbol für die Eindeutigkeit der vieldeutigen Welt, an deren Buntheit und unendlichen Rätselhaftigkeit er sich nun, da er sich ihrer Eindeutigkeit bewußt bleibt, erst erfreuen kann?

So kann es sein.

Ein Fehler bleibt trotzdem. Denn ich sehe keinen Grund, weswegen der Geist, den ich – zwar nicht ohne Absicht – zum Diener des Willens gemacht habe, gerade in demselben Gegenstand sein Symbol sehen muß, in dem sein Herr zur Ruhe kam. Er könnte in jedem fremden Gewächs und Tier das Symbol sehen. Warum gerade in ihr? Warum gerade in dem liebenden Weib? Warum gerade im Trieb? Warum gerade im konzentriertesten Leben?

Und bedarf er überhaupt des Symbols? Ist für ihn dieser Umweg nötig? Kann nicht für ihn die einfache Erkenntnis, wenn sie in ihrem Ausdruck – und nicht nur in ihrem Ausdruck – auch immer bildlich bleibt, genügen?

Und bedarf er des Symbols doch, so kann ich höchstens ein zufälliges Zusammentreffen beider Richtungen, des ruhesuchenden Willens und symbolsuchenden Intellekts, in jenem einen Wesen annehmen – ein zufälliges Zusammentreffen im Knotenpunkt des Lebens!

Aber zufällig – das heißt hier und in meinem Mund soviel wie eine Flucht zum Glauben und Wunder. Hier steckt der Fehler. Die Möglichkeit der Verknüpfung ist da, aber meine Deutung dieser Möglichkeit ist – falsch.

Und der Fehler steckt in der Trennung von Körper und Geist, von Wille und Intellekt, wie er ebenso steckt in jenem Knoten, den ich mir geknüpft haben wollte aus Denken und Gefühl – ich brauche ihn garnicht so gewaltsam mit Pulver und Blei zu durchhauen – er steckt in meiner Trennung von Ich und Welt, er steckt in meinem Rausch und meinem Bedürfnis nach Rausch, er steckt in meiner Müdigkeit, die doch zugleich etwas Aktives, heftig Abwehrendes ist, er steckt in meiner Schwäche, die doch auch meine Stärke ist, in meiner Krankheit, die doch zugleich meine Gesundheit ist, in meinem Pessimismus, der andererseits Optimismus ist, er steckt in meiner ganzen Haarspalterei der Liebe, in dem Sich-selbst-Aufgeben und -Auflösen, das doch gerade so gut ein gewaltsames Zusammenraffen und Konzentrieren ist, in meinem Wunsch geliebt zu sein, der aber seinerseits keine Liebe sein will, in meiner Liebe, die keine sinnliche sein will, aber doch Liebe ist zu der mich sinnlich Liebenden, er steckt in allen Begriffen, mit denen ich bisher operierte, – denn er steckt in der Sprache selbst, die willkürlich trennt und Grenzen setzt, wo alles grenzenlos ist und fließt, die die Dinge meistern will, während sie von den Dingen getrieben wird, die Dinge haben eben keine Grenzen, es ist alles Bedingtheit, Verkettung und Strom –: das Denken ist Stückwerk und Dunst und ewige Gefahr, das Wort ist Trug und die Schrift ist Gift, der Satz ist eine Schlange und giftige Verführerin und das Buch ein Knäuel von ihnen. Bild und Körper, das ist's, und die goldne Ruh.

Und so ist es gut, daß ich nicht nötig habe – weil es zwecklos ist –, über die Möglichkeit dieser Verknüpfung und die Tatsächlichkeit des Rausches weiter nachzugrübeln. Zwei Augen blau wie die See, die Locken blond wie Gold und ein Gesichtchen geschnitten zart wie das einer Gemme, das sei das Ziel, der Wunsch, der Trieb, das Glück, die Ruh – der Frieden!

Über den verschneiten Feldern schwindet der Tag und hinter dem letzten Hügel, der da aufragt wie eine volle Frauenbrust, ging die Sonne und wirft flockigen Schaum auf. Der stäubt in bleichem Pfirsichrot über das Meergrün des Himmels. Der Wind schweigt und die Kälte kommt, still ist die Welt – schläft sie? stirbt sie vielleicht? Aber auf purpurnen Fittichen leuchtend und brausend fliegt mein Sehnen über ihr, mein leuchtendes brausendes Sehnen: die wieder zu umarmen, die meines Lebens Glück und Elend ist!

Am Tage vor Ostern fuhr er nach seiner früheren Garnison. Aber er sah sie nicht mehr, die er suchte; sie hatte sich und ihren Geliebten, nachdem sie auch ihm untreu geworden war, vor einigen Wochen erschossen. So irrte er den Tag über in den Straßen umher und erhängte sich gegen Sonnenuntergang draußen in einem Gestrüpp. – Dort fand man ihn. Seine Taschen waren voll von Wertpapieren und zu seinen Füßen lagen diese Blätter, vom Nachtwind über das Gras gestreut, an dessen Halmen der Tau in hellen Tropfen hing.

Dann rollte die Sonne herauf und die Drehorgel ging ihren alten Gang.

Ende.

Biographie

1885 *28. Oktober:* Gustav Sack wird in Schermbeck bei Wesel geboren. Sack stammt aus einer Schermbecker Lehrerfamilie.
Noch in Schermbeck und Rostock entstehen die stark autobiographischen Romane »Ein verbummelter Student« (gedruckt in Berlin 1917) und »Ein Namenloser« (Berlin 1919).

1906–1910 Er studiert zuerst Germanistik, dann Naturwissenschaften, insbesondere Biologie, ohne ein Studium abzuschließen.

1913–1916 Sack lebt in München. Dort schreibt er Gedichte, Novellen, Essays und das Romanfragment »Paralyse«.
Er absolviert den Kriegsdienst und verfaßt in dieser Zeit verschiedene Skizzen (»Aus dem Tagebuch eines Refraktairs«, »In Ketten durch Rumänien«) und das Drama »Der Refraktair«.
Auch die später unter dem Titel »Die drei Reiter« veröffentlichten Gedichte entstehen vor und zu Beginn des Krieges (1913–1914).

1916 *5. Dezember:* Sack fällt im Krieg bei Finta Mare in der Nähe von Bukarest.
Sacks Werk bleibt mit Ausnahme einiger Gedichte und kleinerer Prosaarbeiten zu seinen Lebzeiten ungedruckt. Erst ein Jahr nach seinem Tod findet sich ein Verleger für den »Verbummelten Studenten«, der schnell ein Publikumserfolg wird. Sein restliches Werk wird von Paula Sack (geborene Harbeck) in den »Gesammelten Werken« (Berlin 1920) zugänglich gemacht, findet aber in der Öffentlichkeit kaum mehr Beachtung.

Erzählungen aus dem Biedermeier

Biedermeier - das klingt in heutigen Ohren nach langweiligem Spießertum, nach geschmacklosen rosa Teetässchen in Wohnzimmern, die aussehen wie Puppenstuben und in denen es irgendwie nach »Omma« riecht.

Zu Recht. Aber nicht nur.

Biedermeier ist auch die Zeit einer zarten Literatur der Flucht ins Idyll, des Rückzuges ins private Glück und der Tugenden. Die Menschen im Europa nach Napoleon hatten die Nase voll von großen neuen Ideen, das aufstrebende Bürgertum forderte und entwickelte eine eigene Kunst und Kultur für sich, die unabhängig von feudaler Großmannssucht bestehen sollte.

Georg Büchner Lenz **Karl Gutzkow** Wally, die Zweiflerin **Annette von Droste-Hülshoff** Die Judenbuche **Friedrich Hebbel** Matteo **Jeremias Gotthelf** Elsi, die seltsame Magd **Georg Weerth** Fragment eines Romans **Franz Grillparzer** Der arme Spielmann **Eduard Mörike** Mozart auf der Reise nach Prag **Berthold Auerbach** Der Viereckig oder die amerikanische Kiste

ISBN 978-3-8430-1884-5, 444 Seiten, 29,80 €

Erzählungen aus dem Biedermeier II

Annette von Droste-Hülshoff Ledwina **Franz Grillparzer** Das Kloster bei Sendomir **Friedrich Hebbel** Schnock **Eduard Mörike** Der Schatz **Georg Weerth** Leben und Taten des berühmten Ritters Schnapphahnski **Jeremias Gotthelf** Das Erdbeerimareili **Berthold Auerbach** Lucifer

ISBN 978-3-8430-1885-2, 440 Seiten, 29,80 €

Erzählungen aus dem Biedermeier III

Eduard Mörike Lucie Gelmeroth **Annette von Droste-Hülshoff** Westfälische Schilderungen **Annette von Droste-Hülshoff** Bei uns zulande auf dem Lande **Berthold Auerbach** Brosi und Moni **Jeremias Gotthelf** Die schwarze Spinne **Friedrich Hebbel** Anna **Friedrich Hebbel** Die Kuh **Jeremias Gotthelf** Barthli der Korber **Berthold Auerbach** Barfüßele

ISBN 978-3-8430-1886-9, 452 Seiten, 29,80 €